樂 府

·

心里滿了，就从口中溢出

浮木

杨本芬 著

北京联合出版公司

目录

序　露珠的记忆	1
第一章　家	1
写给杨锐	3
田四	11
哥哥	19
一百元钱	44
看电影	49
江西柴刀	52
纳凉	58
大乖	61
来富	64
看牙齿	67
搬家	71
妈妈在阳春街的日子	77
手术	80
看望妈妈	89

第二章　乡　　　　　　　　　　93
　　文秀　　　　　　　　　　95
　　陈家冲人家　　　　　　　123
　　李娱驰　　　　　　　　　134
　　定坤叔　　　　　　　　　139
　　消失的货郎　　　　　　　151
　　老四　　　　　　　　　　155
　　福婶　　　　　　　　　　161
　　郎中　　　　　　　　　　166
第三章　我　　　　　　　　　171
　　1984年　　　　　　　　　173
　　苹果园历险记　　　　　　180
　　讨债路上　　　　　　　　190
　　和秋秋在一起的日子　　　197
　　路遇骗子　　　　　　　　210
　　金刚和牡丹　　　　　　　214
　　小庐山　　　　　　　　　217
　　晚年小景　　　　　　　　223
代后记　成为作家　　　　　　240

序　　露珠的记忆

杨本芬

2020年,我八十岁,出版了自传体长篇小说《秋园》,以此重现已逝去十几载的妈妈在这人世的雪泥鸿爪。妈妈平凡如草芥,早已湮没于大地,只是我再也没想到,借助于我粗陋的笔墨,她的生平竟得以复活。许多读者为秋园流下同情的泪水,年轻人说想到了自己的奶奶或外婆、姨婆;一些读者不仅自己看,还买来送给长辈。

而最令我欣慰的是这样的声音:看来我也要去听外婆的故事,否则就要来不及了。

的确,一个最微小的个人,也可以呈现与记录鲜活的历史。一个平凡的生命,当你如实呈现,也会焕发出感召他人的力量。

《秋园》的书稿，其实是十七年前就完成了的。这十七年中，我还写了其他一些故事。我一直对人、对人的生活感兴趣，想来本质上我是非常热爱生活的吧。当出版公司表示愿意出版我的第二本书时，整理文稿的过程中，我自己都没想到，我竟然写下了这么多东西！

这样就有了《浮木》。

《浮木》是一个短篇集子，里面的内容大概有这样几类：

其一是关于《秋园》的补漏拾遗。

《秋园》如果说有遗憾，是因为它以小说面世，为结构的紧凑，删去了弟弟杨锐这个人物。杨锐是家中最小的弟弟，十三个月大时因受寒引发肺炎，咳嗽不止，最后死在我怀抱中。杨锐之死，我和妈妈甚至连眼泪都没有流，艰难困苦的生活让人情感麻木了。

反而在日后，生活有了余裕，麻木与迟滞消失了，每每想起早夭的小弟弟，都感到锥心刺骨的疼痛。当我八十岁时，杨锐依然一岁多，模样如在目前。我记得他曾有过的活泼的生，记得他不得不为的安静的死。我记得，统统记得！这只在人间停留一年有余的生命，从未在记忆中消失。《秋园》中缺失了杨锐令我耿耿于怀。幸亏由《秋园》

带来的《浮木》迅速帮助弥补了这个遗憾：我把小弟弟写在《浮木》中了，我们一家人终于齐全了。

田四与大哥子恒在《秋园》中有写到，但笔墨均少，我对他们的故事做了更多补充，一并收录在《浮木》中。

其二，许多读者认为《秋园》结尾不免仓促，之骅后面的人生少有交代。虽是责备之意，我却不感到不悦，感到的甚至是欣慰与荣幸：这说明读者在阅读中被打动，有了深刻共情，如此才会想得知书中人物余后的命运。作为一种无意为之的回应，《浮木》中有一部分可说是《秋园》的后传，那就是关于之骅，亦即我本人的故事。这部分略有拉杂之嫌，有工作中印象深刻的往事，有与老伴的相处，有与孙辈的隔代之情……毕竟一个八十岁老年人的生平故事，时空跨度那是相当可观。我检索了当中还算有趣味的事情，一并置于《浮木》中。

此外，也是《浮木》中篇幅最大的部分，是关于我所认识的那些乡间人物，他们的生生死死。这些以悲剧为主的故事似乎不能给人带来快乐，这让我有些抱歉。就我自己而言，其实也不想和那些悲惨的人物再见面，那些人和事至今压迫得我胸口作痛。但我又忘不了他们。他们的形象在我脑子里来了又去，去了又来，恍惚间我窥见了他们，画面如此清晰。

他们多是劳碌一生的人物，许多人没有善终。天地不仁，以万物为刍狗。当其时也，我是他们中的一员，因造化安排，我比他们活得长久些，因而才有机会写下我所记得的一切。如同我愿意写下平凡如草芥的母亲，我也愿意写下平凡如草芥的与我有过交集的乡民。我还相信人们依然渴望阅读他人的故事与生活，依然需要文学，需要根植于这块土地、与他们产生共振的文学。

佛教有言：一切有为法，如梦幻泡影，如露亦如电，应作如是观。我非佛教徒，但佛教的思维总是渗透在中国人意识深处的。回头看十几年中陆陆续续写下的这些文字，文字中涉及的生命多数不复存在，恰如泡影破灭于水面、闪电消失于天空；而我写下的这些故事则犹如梦幻——只是一场记忆。

这是一颗露珠的记忆，微小、脆弱。但在破灭之前，那也是闪耀着晶亮光芒的，是一个完整的宇宙。

八十，对一个人是个不小的数字，我也窥见我和死若即若离了。好在告别此岸之前，我以《秋园》，以《浮木》，留下了一颗露珠的记忆。

我还想表达我最深挚的谢意：感谢虫虫，十七年前她在天涯社区闲闲书话追读我的回忆录，是她向乐府文化出版公司总编辑涂志刚先生举荐，才有了我与乐府的缘分；感谢涂志刚先生，没有他的慧眼与勇气，就没有《秋园》与《浮木》的面世。我要格外感谢我的二女儿章红，当我萌生写作意愿时，她不遗余力加以推动，她永远是我的书的第一位读者，以及第一位编辑。感谢我所有的家人，愿我们成为彼此的骄傲。

第一章　家

我们一家人终于齐全了

写给杨锐

那是1955年春天,母亲挺着个大肚子,边晒太阳边替别人做着针线活,做新的补旧的,纳鞋底做袜底(那时买双新袜子都要缝上袜底,这样经得穿)。吃过午饭不久,母亲开始肚子痛,在太阳下山的时候生下了你。你是母亲生下的第六个孩子,也是我最小的弟弟,父亲给你起名杨锐。

母亲生产时根本不要人帮忙,只让我烧了一壶开水,将剪刀在火上消毒。我就站在母亲旁边,将烧好一阵子的开水倒进脸盆里。听到你的第一声啼哭,我很惊喜,可是母亲苍白的脸上没有一丝笑容,如一个大病初愈才缓过气来的人。母亲接过我递给她的热毛巾,一次又一次地仔细给你擦洗身子,此刻起,你就是母亲疼爱的小家伙。我听到她轻轻地说了一句："儿啊，你来得不是时候啊！"声音凄恻。我的心忽然抽紧了一下，不敢去看母亲的脸。

1955年，农村靠工分吃饭。劳动力多的家庭分到的粮食吃不完，而我们家人口多但没一个正劳力。母亲裹过的小脚只能做点旱地的活计，我还只十四岁多，一个半大妹子拼着小命做一天工，评给的工分也少得可怜，我们一家早早地进入了饥荒，过着半饥半饱的日子。幸亏大哥尽可能节省钱和粮票帮衬家里。可是你和大哥一面之缘都没有，因为大哥在外地教书没有回来，没遇上你生也没看到你逝。

锐弟，你生下来好小好小，但母亲奶水好，哪怕喝口白开水的营养都要过给你，因此，你长得很快，一出月子就成了个小胖子。漆黑的头发长齐后脖子，黑珍珠般的眼睛，洁白的皮肤，胖手胖脚如藕节一般，又特别爱笑，你成了一个人见人爱的小东西。上屋二菊见到你就要带你做崽，但有了田四送人的结局，母亲再也不敢把孩子送人，说死也死在一起。

真的是大人过一天小孩过一天，自然而然你就跟着我们长大了。你那么小，哪知父母是在怎样艰难的日子里度过一天又一天的呢？但你从来没有缺少爱，每个人都爱着你。父亲身体不好不能抱你,总是拿着你的小脚丫子亲。我做个鬼脸,学声牛叫、狗吠、猫叫都能逗得你咯咯地笑。我们朝夕相处,把彼此的命紧紧地捆在一起。你的笑给一家人带走了许多愁苦。

母亲裹过的小脚不能下水田,出着有限的工,生计全靠没日没夜地帮别人做针线活。我晚上也要跟着做到好晚,那瞌睡不请自来,脑壳栽下去,一激灵抬起头又接着做。母亲接针线活从不跟人讨价还价,用稻米、红薯、菜、柴火当工钱都要。日子仍吃了上餐愁着下顿,没米下锅是常事。

一日,一户人家要嫁女,要母亲帮做套新衣。吃过早饭,母亲对我说,今天你带弟弟们到远的地方玩,我这套嫁衣要做得更细致,让别人满意。母亲把你喂得饱饱的,乳白色的奶从嘴角都流出来了,用一根宽宽的布带把你绑在我背上。六岁多的赔三牵着三岁多的田四走在前面,就这样我们出发了。

这是一个阳光温煦、微风徐徐的上午。我们决定去桥墩底下玩。桥墩下是我们那里通往平江最近的一条河,是湖南四大河流之一湘江的支流,离家有两里多路。

我们沿着傍山小路走走停停，你在我背上，为了逗你，我时不时捏下你的小屁股，你在我背上咯咯地笑，我们几个都非常快乐。

河上用四根木头并拢架起一座木桥，只有四十多厘米宽，走在上面胆战心惊，稍不留神都有掉到河里的危险。这地方就叫桥墩，是通往平江的必经之路。我们沿着河堤下到桥墩下，河边的沙子冲洗得干干净净，太阳一照闪着光辉。沙滩柔软，河水清亮，波光粼粼。沙滩上长着大丛大丛碧色的芦苇，迎风摇曳。河滩上有蚌壳可捡来玩，岸边浅水处有小鱼一群一群地游来游去，我们捡石头打它们，看着小鱼慌忙乱窜好不开心。等一会儿它们又凑拢来了，甩着小小的尾巴游着，无比优雅，我们又用石头扔它们，乐此不疲地玩着。

我忽然抬头朝桥上看去，恰好见一个五大三粗的汉子掮根扁担，扁担一头缠着一大把棕绳，他从桥上飞跑过来，脚步踩得那桥直晃悠。我一下想起近些时间大人在传说了几个捉细伢子的，捉到的细伢子捆紧挑到深山老林去卖。这人的样子像个捉细伢子的，吓得我魂飞魄散。我连忙要赔三、田四闭上眼睛，以防芦苇刺着，把他们塞进一堆芦围丛里，我紧紧抱着你也钻进芦苇里，大气都不敢出。似乎过了好一阵子，我从芦苇里轻轻地爬出来朝桥上一看，刚才那个男人牵着一头大黄牛，空扁担搁在肩上从容地从桥上走过去，我才恍然大悟，他的牛跑了，他是去牵牛的。

我抱着你从芦苇丛里爬出来，拉着赔三、田四的手让他们爬出来。我们几个的头上沾了好多草叶，我忍不住笑，把你放在地上坐着，帮赔三、田四捏掉头上的草叶，告诉他们那个人不是捉细伢子的，是去牵牛的，大概是他的牛挣脱绳子跑了，他带着绳子急忙去找他的牛。

只是这一惊，几乎吓得魂不附体，再无心思玩了，我说回家去。我紧紧抱着你，沿路走小腿还在轻轻地发抖，踩在地上似乎不瓷实，坐在路边休息了几次才回到家。

又一个春天来了，初春还有些冷，吹在脸上手上的风冰凉冰凉。一日，母亲要去福婶家做衣，你还没断奶，我驮着你跟母亲一起去。不要工钱，只管我们三人的一日三餐。

做衣服的门板就用两条长板凳搁在堂屋里，母亲不让我带你去堂屋玩，怕吵着她做衣服。我带着你在禾坪上玩，你刚开始学走路，两手分开，一边笑着，一边像鸭子样蹒跚走着。有时我在前面迎你，有时我在旁边牵你，有时我又在后面轻轻抓着你背带裤的背带。走了一阵，累了，你抓住我的衣，耍着赖，双脚勾起，怎么也不肯下地了，非要我抱不可。

一天过去了，吃过晚饭，母亲收拾好剪刀和针针线线，我仍驮着你，三人打道回府。回家的路上，你在我背上打了个战，我说："冷吧，杨锐。"可是你还没学会说话。

回到家，你没有发烧，直接咳嗽起来。咳得小脸通红，咳得透不过气来。母亲到处打听土方子，每打听到一个土方子就是一个希望，一个又一个地尝试也毫不见效，咳嗽有增无减。没钱请医生没钱买药，抱着你看着你咳嗽的痛苦样子，我手足无措，一会儿给你拍拍背，一会儿给你摸摸胸，想减少你的一点痛苦。晚上，你咳得不能入睡，我和母亲通宵轮流抱你坐在怀里，被子上放着一个抽屉，抽屉里装着你的玩具——别人送的一个会跳的青蛙，母亲做的三个布娃娃，布娃娃有漆黑的头发，笑眯眯的眼睛，脸上打着腮红，还有几个小盒子，这些算你的全部玩具。实际上你哪里有心思玩呢，一会儿又咳，一会儿又咳。看着你的痛苦，我心里有着无尽的悲哀，但又无可奈何。

这是开始咳嗽的第十九个夜晚了，我照例和母亲在床上轮流抱你，你咳得似乎要柔和一点点，我想我的锐弟咳嗽快好了。内心一阵轻松，揽住你柔软的腰，你紧紧靠在我怀里，忽然睁开眼睛看我，又往我怀里拱了拱。我又把你抱紧一点，你居然不咳嗽了，我一阵惊喜，告诉母亲："妈妈，杨锐不咳嗽了，好像好了。"母亲露出怔忡不安的眼神，伸手过来欲试探你的鼻息。母亲伸出的手似有千斤重，抖抖索索伸到你的鼻子前，随之轻轻地说，轻得似乎让人听不见："我儿到底还是死了，我晓得早晚会有这一天。"

母亲把你从我怀里接过，紧紧抱住，脸贴着你的脸。

我似乎麻木了，心中似乎连悲伤都没有，甚至没为你小小生命的早逝而伤心哭泣。相反，我想着你总算解脱了，以后不用饿饭，无须体会饥饿等于活埋的滋味了。

天亮了，新的一天开始了，你全然不知。没有你的咳嗽声，家里显得格外安静，又觉得没有你的咳嗽声家里越发空荡荡的。父亲取下一片门板，把你放在门板上，你安静地躺着，如睡着一般没有一丝痛苦。我坐在你的侧边，手里纳着鞋底，不伤心，一点也不伤心，又在开始为活着努力。

爸爸终于钉成了个木匣子，爸爸似乎怕弄醒你，把你轻轻地从门板上抱起放进木匣子里，盖好板子钉好，然后抱着木匣子往旁边的山上走去。我拿着锄头低着头跟在后面。一滴眼泪也没流。

爸爸坐在一堆草上，木匣子还抱在怀里，凄败的脸色不忍看。我挖好了坑，爸爸把木匣子放进坑里，当第一锄泥巴撒向你的小屋（现在把它权当你的小屋，因为以后你每天都住在这里），我的心碎了，如那纷纷落下的泥土。但我始终没流眼泪。而心碎比号哭要痛苦得多，那是一种说不出的痛吞噬着我的心，一口一口。

一家人都没吃早饭，如被寒霜冻坏了的植物，低垂着沉重的头颅。

1958年，我家被迫搬迁到鱼家冲大屋场住。搬家前，我去看你，你的小小的坟茔变得更矮更小了。我回家拿了锄头给你培了些土，算是最后为你做的一件事情。

搬到鱼家冲，晚上有很多人坐在禾坪里乘凉。几个三四岁的细伢子在那里疯玩，母亲指着其中一个对我说："要是杨锐在，也像他们那么大了。"猛然间我泪眼模糊。锐弟，其实我们都没忘记你啊！

锐弟，黄泉路上无老少，只是你来这阳世间也太过匆忙,匆忙得没能和姐姐说上一句话。我写这些,似乎在写一个长久的梦,恍惚中,我想我们还能见面,我们相拥在一起,天长地久,永不分开。这日子应该快了。

田四

一

那年田四四岁多,受了风寒,高烧不退。没有医药,只有土办法用来退烧。陈旧泥屋的墙壁,泥砖与泥砖之间因时间长了会有一个一个洞洞,黄蜂会在这些洞穴内砌窝。黄蜂砌成的窝很整齐,就像用来刨红薯丝或萝卜丝的刨子那样,有着整齐的孔,一般是两排,叠起,每排有四到五个孔。孔底不连通,是实的。从墙洞里小心翼翼把蜂窝拨出来,把里面的东西——一片黄蜂的翅膀或一个小小的黄蜂尸体倒掉,然后将生姜切成两根火柴棍并置那么粗,七八厘米长,刚好能插进蜂窝里。蜂窝连同姜丝再放进灶膛里烧红，用开水冲泡。这土方子有时顶管用。

我记得我找到了五个蜂窝，母亲烧了五次蜂窝，泡了五次水喂给田四喝。

到晚上田四依然高烧不退，月光从木格窗里照了进来，如同白昼。母亲抱着田四一会儿坐着一会儿站着一会儿走来走去，嘴里不停念着，南无阿弥陀佛，救苦救难的观世音菩萨，救救我儿田四，救苦救难的观世音菩萨，救救我儿田四。不停地念，不停地念。

深夜田四开始抽筋，牙关紧闭，手捏成拳头，翻着白眼，不省人事，怎么叫也不答应。母亲赶紧按住人中，田四慢慢苏醒过来，轻轻地叫了声妈妈。

没过多久，田四又抽筋了，一连三次。第三次救过来，母亲说，这样下去怎么得了，田四会死。一家人就像站在刀尖上，分秒难挨。

母亲仍在念着"南无阿弥陀佛，救苦救难的观世音菩萨，救救我儿田四……"没停没歇。

我忽然有了主意，妈妈，我要去请一昌先生来，不能看着田四死去。

一昌先生是个郎中，和我家也是世交。

妈妈说："不行，深更半夜的，你一个十四岁的细妹子，留着你的命吧，留一个是一个。"

"妈妈，爸爸崴了脚，不能下地走路，赔三比我小八岁，我不去谁去？"

没等到妈妈回话，我已跑出了门，健步如飞走在田间小路上，再走向山路。带着沙子的黄泥路，一路走去，轻轻的响声伴随，总感觉有人跟着我。树林里时不时传来几下响声，不知什么野物出来觅食，总会让心脏一惊一乍。我能听到汗水滋滋地从脸上淌下来。走！救田四要紧。

终于走完了山路，再走向一条傍田小路。在田的尽头有一处斜坡，坡上有个小屋场，里面住的是炳娭毑，是个孤老婆子。

炳娭毑六十多岁，灰白的头发，矮矮的个子，干瘪的身子，一看就是个可怜人。政府分给她两丘田，她自己种不了，包给别人种了。平时靠走东家跑西家替人说媒，赚点日常开支。她经常路过我家门前，母亲总会叫她进来歇脚，泡一碗豆子芝麻茶给她吃，日久就成了好朋友。

离炳娭毑屋场大概四百米，有口蛮大的水塘，塘沿上青草随风飘舞。塘旁边有一棵大人都抱不拢的枫树，枫树很老很老，老到连老一辈的人也不知道它有多少年了。枫树从蔸部开始朝上有一个树洞，洞口有六七十厘米长、三四十厘米宽，据说里面住着一条蛇精。又据说这塘里不知溺死过多少小孩，算都算不清，晚上落水鬼会从塘里上来坐在塘边乘凉，经过塘边时能听到落水鬼扑通扑通地跳进塘里。想起这些心生恐惧，脚下步子便迟钝起来。

　　想着田四还等着我请一昌先生去救他，硬着头皮往前走。还有五步、六步或十步就要走到树底下了，我一会儿盯着有蛇精的枫树，一会儿又看有许多落水鬼的塘面，脚依然走着，轻轻地，轻轻地，尽量不要惊动了蛇精和落水鬼。就在这时，一瞬间，就那么一瞬间，天空变得漆黑一团，如一只大锅罩了下来，眼前顿时伸手不见五指。

　　我不能挪步了，愣在原地，不知如何是好。又是一瞬间，一道长长的闪电划过天空，照亮了大地，我趁机朝前奔去。马上要接近枫树了，一声炸雷，连着是嘭的一声巨响，如山崩地裂，原来是大枫树倒了，横在我的眼前，如一座小山。瓢泼大雨从天而降，打得我睁不开眼睛，雨水从头上直往脖子里灌。躺倒的枫树，大叶片被暴雨打得摇来晃去，像无数招魂旗对着我。我浑身发抖，我怕鬼，但我不晓得鬼是什么样子。

我如蜗牛般摸索着到了炳娭毑屋门前，敲开了她的门。那一瞬间把炳娭毑吓到了，她以为是个落水鬼找上门了。我确实像个落水鬼，浑身滴着水，听别人说落水鬼就是这个样子。

我连忙说，我是之骅呀！炳娭毑才让我进屋。随即拿了一身灰不溜秋打了两个补丁的衣裤要我换上，又拿了一条如薄板子那么硬的毛巾要我擦干头发，然后催着我上床睡觉。嘴里念叨："你妈妈真要不得，崽就是人，妹俚就不是人，重男轻女。"

我百般向炳娭毑解释，不想她对母亲有误会。我说我要回去，不回去妈妈会着急的。

炳娭毑说："怎么回去？路都看不清，公鸡还没叫第一遍，还是深更半夜。赶快睡一觉，明天天一亮就回去。"

这时我才感到困了，我通宵还没合眼呢。趴进炳娭毑被窝里，一会儿就睡着了。一觉醒来天已大亮，抱着湿衣服和炳娭毑打过招呼，就飞快地跑了起来，不知田四怎样了？

路面一洼一洼的水，雾气蒙蒙，树叶湿沥沥的。走到屋门前，我无力举手推门。我怕，怕田四死了，觉得自己的心要从胸腔里跳出来。我屏住呼吸，贴着门听屋里的动静，还好，没有母亲的哭声。

推门进去，只见田四枕在母亲右胳膊上，和母亲依偎着睡着了。我的心才放进肚里。望着母亲睁不开眼睛的疲惫样子，我说："妈妈，快睡，快睡。我在炳娭毑那里睡了一大觉。"

我走了出来，屋里墙上挂了块破镜子，连忙走过去，对着镜子照起来。还好，穿着炳娭毑的衣服没变成炳娭毑的样子，还是我自己的模样。我笑了。

后来母亲告诉我，我走后，她把近邻的刘木匠叫来了，他懂点医术又是个好人。未等刘木匠坐定，田四第四次抽筋了。刘木匠拿根筷子放进田四嘴里，说防止他咬断舌头，然后用一根纳鞋底的针把田四的舌头刺穿了。当时很吓人，舌上流出鲜红的血，糊了田四一嘴巴。刘木匠说只能死马当作活马医，我也就这点本事。

田四好了，彻底好了，笑起来，眼睛像弯弯的月亮，模样要多俊有多俊。

二

1960年，父亲死于饥饿。母亲背井离乡逃到湖北，想把两个儿子带大成人。万万没想到从不戏水的田四，十五岁那年溺死在湖北马口一条河里，结束了他短短的一生。

在清理遗物时，三弟发现四弟留下的一个厚厚的日记本，十六开，本子上密密麻麻地抄写了一些诗词、对联，什么"纵有千层铁门槛，终须一个土馒头"，什么"对酒当歌，人生几何，譬如朝露，去日苦多""人生在世不称意，何不散发弄扁舟"……

一个十四五岁的少年，何以如此悲观厌世？但另外有些诗句对联，意思又完全相反。如："长风破浪会有时，直挂云帆济沧海""生当作人杰，死亦为鬼雄""临风舞剑欲为岳武穆，把酒吟诗愿作杜拾遗"……

三弟杨宽与田四只差两岁多，兄弟俩从小在一起玩，扒柴割草，看书画画，用泥巴捏古代人物塑像……田四被妈妈带去湖北后，兄弟俩长期有书信往来。很多很多年后，我们都老了，一次与三弟谈起田四，三弟哽咽地说，他常在梦中梦见田四还活着，被一位打鱼的老人救起带回家，我们兄弟姐妹后来又团聚了。三弟说这梦多次出现,一觉醒来,被子湿了一角,看到的是窗外清冷的月光,听到的是户外劲厉的山风。

三

母亲六十六岁回到湖南,田四已死去经年,但母亲始终放不下心中的伤痛。她一回来就到处打听算命的,居然打听到了离家三十多里路的平江有个算命先生十分了得。母亲邀上炳娭毑,一早动身,终于找到了算命先生。

算命先生留着点白胡子,清癯,一副仙风道骨的模样。母亲报上田四的生辰八字,先生掐指一算,对母亲说:"你老人家要不得,拿个死人的八字我算。"

母亲潸然泪下,说:"先生莫怪,实在思儿心切。怕在湖南饿死,带他逃到湖北,一个多好的儿子,从不玩水的他长到十五岁淹死了。是不是他非死不可?便一路打听来请教先生。"

先生说:"看你如此伤心,我不怪你。他原本不是你的儿子,投错了胎,四五岁时就应该死的,因为你们母子情深,又陪你多活了十年。老人家不要伤心了,你儿子已经投胎去了,他横竖要死在你前面,留不住的。寿命都是天安排好了,我们凡夫俗子奈何不了。"

算命先生又劝慰了几句,母亲谢过,付了钱便和炳娭毑回来了。母亲和哥哥谈起算命一事,一家人都不得其解。后来还多次提起这事,依然是一个谜。

哥哥

一

1948年的中秋节,妹妹夕莹死于急性痢疾。其时哥哥在学校寄宿,一月回家一次。那个周六哥哥回来,中途遇雨,一到家便打了一桶水急急地去洗脚。我跟着他。

"夕莹呢?我回来还没看到她,这个小家伙,我买了糖粒子,等下你们一起吃。"

"夕莹死了。"

"么里（什么）！"

哥哥从脚盆里跳出来，让我说怎么回事，随即要我立刻带他去夕莹坟上。到了那小小坟茔前，哥哥号哭着，双手拼命刨着坟上的泥巴，一会儿工夫，手指就出血了。哥哥全不顾，继续使劲刨，定要再看夕莹一眼。我泣不成声，从后面抱住哥哥，阻止他继续。

哥哥1932年出生在南京，五岁跟随父母到了湖南乡下。十二岁离家念书。十六岁，家中再拿不出钱供他上学，恰好乡政府需要文书，就弃学工作了。之后验上了空军，被母亲拉后腿没去成；考取了东北重工业统计单位，也没去成。

在乡政府干了一年后，当地招考医生和教师。父亲的观点是，哪朝哪代都需要医生与教师，这是两个最好的职业。学医要数年才学得出来，家里供不起；读师范则很快可以毕业工作，哥哥就去考了师范学校。十九岁那年成为乡村教师，从此当了一辈子教师。

十九岁的哥哥教书的地方在杨家祠堂小学，离家二十里路，星期六下午和星期天下午哥哥如兔子般奔跑在这条路上。中间有条田垄小路，两边都是水田。一日哥哥从学校回来，两条裤脚差点湿到了膝盖，裤腿卷得老高，一双赤脚，鞋子拿在手里。偏被母亲看见了，妈妈说："这么大了还玩水？"

"不是玩水，是别人车水，我经过那里打湿了裤脚。"

妈妈说："你也太老实了，请他们停一下，你过去后再车水不就行了。"

我和哥哥一起上山搞柴火，哥哥才红着脸告诉我，那条田垄路上有三个姑娘，天天在田里做事，看他经过就恶作剧，故意车水溅他，还不让他过。

我偷偷把这事告诉了母亲，妈妈说："你去送趟哥哥，看她们是怎样欺侮你哥哥的。"

星期天下午哥哥要回学校了。我说："哥哥我送你，我也想看看那三个姑娘。"

走了一半的路，哥哥说快到了。

我放慢脚步，故意落在哥哥后面很远，哥哥继续走着。哥哥一出现，就看见有三个姑娘野马一般从田里飚跑过来，弄得水花四溅全然不顾。她们对哥哥喊："何里有才好看的男子人啊（怎么有这么好看的男子啊）！通世上（全世界）都冇看过！莫走咯样（这样）快，让我们多看下子啰。"

然后怂恿着那个最小的："老三，快去和他谈爱。你好看，配得上。"

哥哥两脚如飞，落荒而逃。她们在他身后又喊又笑，重复着那些话："冇看过咯好看的男子人（没看过这么好看的男子）！"

我追上哥哥，实在忍不住笑："哥哥，她们有几喜欢你哦！"

"莫幸灾乐祸，我怕她们，每个星期六和星期天我都要经受她们的无理取闹。"

又到了星期六，哥哥回来的日子，我去接他，以免他再湿裤脚。走到那段田垄路时，田里没个人影，再走一会儿我就迎上了哥哥。

哥哥问我："看到她们吗？"我说没有。我和哥哥挨着，边走边说着话。

那三个姑娘不知打哪儿冒出来，这次她们没追，听到其中一个说："是老妹，蛮相像。"

我好奇地看着她们。三个姑娘一色男装打扮，黑衣黑裤。老大顶多二十出头，左眼有点瞟，算是破了点相。老二、老三都好看。老三就十六七岁样子，像野花一样清新美丽。

"她们挺好的。你若真喜欢当中哪个,何不请人去提亲呢?也许能谈成爱。"我笑着对哥哥说。

哥哥说:"莫笑我,谈什么爱,有机会我还想读书,上大学。不过她们真是能干,犁田、耙田、插禾、打禾都是她们,难道她们家里没有男劳力?"

哥哥长得着实英俊,白皙的皮肤像了妈妈,方正的脸膛像了爸爸,因为络腮胡子,腮帮子总是刮得青青的,这也添了他的英气。哥哥年轻健壮,憨厚腼腆。

回想起来,这一幕大概是哥哥艰辛人生中难得的轻松插曲。

二

哥哥教了几年书后,当了教导主任。他是个书生气十足的人,不慎就得罪了一位公社李姓副社长。

副社长的侄儿是位民办教师,在哥哥学校教语文,字都识不得多少却也为人师表。有次哥哥听学生说,他把"灰尘"读成"灰尖"、"发髻"念成"发古"、"孕妇"读成"奶妇"。更有趣的是,学生们问他"七手八脚"是什么意思。他答说:"这句话的意思嘛,就是说四个人在一起,其中有一个残疾,只有一只手,这不就是七手八脚吗?"

哥哥知道了,像吞下只绿头苍蝇。某天便趁只有两人在时对他说:"晚上要备好课,不认识的字多翻字典。"最后说了一句,"不能误人子弟啊!"

这以后,李副社长碰到他就不再笑嘻嘻打招呼了,而是头抬得老高,旁若无人的样子。

不久哥哥就从这所小学调离了,调到一所离家更远的学校。

更大的灾难在后面等着他。

哥哥擅长画画写字,一日就被喊到公社出黑板报。有人要他在黑板上画个主席像,哥哥就画了。众人皆说好,只那位李副社长说嘴巴画大了,要他把嘴巴改小一点。哥哥不肯改,说由小改大可以,由大改小就改不了,只会越改越大。

李副社长马上翻脸了,说哥哥歪曲领袖形象。这可是天大的罪名,其时正是1966年"文化大革命"初起,造反派立刻把哥哥揪出来,作为"黑帮分子"批斗。

也是在那段时间收到妈妈的信,得知田四淹死,哥哥真是痛不欲生。回想这几年家人和自己的遭遇，母亲流落湖北，妹妹跑了江西，现在田四淹死，三弟失学，父亲、夕莹、锐弟则早已悲惨死去，真是家破人亡。现在自己又被打成黑帮分子，这一连串打击，铁打的汉子也难以承受。

哥哥是络腮胡，胡子疯长，两三天不刮就成了马克思。他有把老式剃刀，平时磨得锃亮，随时带在身边。

哥哥把剃刀掐出了汗，每天在生与死的边缘上苦苦挣扎。

一日造反派要给哥哥剃阴阳头。哥哥忽然来了勇气，麻利地从口袋里拿出剃刀，一下子打开："黑帮分子也是人，你们不要太侮辱人了！谁给我剃阴阳头，我就和谁同归于尽。有种的来做个伴吧！"

哥哥双眼像要喷出火，声音大得吓人，人活到这个份上，真的要跟人拼命。

造反派还真被镇住了，不敢给哥哥剃阴阳头，还找了个原先和哥哥要好的老师一天到晚跟着他，怕出人命。

黑帮分子白天劳动，晚上，造反派采用车轮战术，通宵达旦逼着交代罪行。哥哥向党表示忠心，彻底坦白交代了自己的思想言行。然而，就是过不了关。他把自己多年前写的一首谁也不知道的诗也交代出来，以求早日解放。诗是这样的：

> 粉笔生涯足十春，年华虚度倍伤心。
> 有志文章成泡影，无端骨肉任飘零。
> 但愿诸生勤学业，且凭造物主浮沉。
> 年年强作儿童乐，都把闲愁付水滨。

造反派们就这首诗大做文章，说这诗是反动言论，是对社会主义不满的真实写照。

哥哥最终被以所谓阶级异己分子的罪名清除出了教师队伍，回农村劳动改造。

三

此时三弟杨宽（即《秋园》中的赔三）初中毕业，预备升入高中。读书这件事对杨宽来说几乎是轻车熟路，他有着超群的记忆力，还有画画的天赋，毕业考试考了全县第一名。

升高中需要乡政府出具家庭成分的证明。下着麻麻细雨的一天，杨宽撑着一把黄色油布伞去乡政府开证明。走到乡政府门口，迎面碰到季宝生，他问："杨宽，你来干什么？"

"来乡政府开证明。"杨宽老老实实说。

季宝生跟随杨宽到了乡政府办公室。里面有个年轻的办事员，杨宽向他讲清来意，季宝生就抢着说，这家人家的情况我最清楚，这张证明我来帮你写。这办事员没有半点异议，季宝生进到另一个房间，出来时用一牛皮纸信封严严实实地封好了一封信，并交代杨宽，在家不能打开看，要直接交给学校。

路上杨宽已感觉事情的不妙，连伞都忘了撑，只想赶紧到家见到哥哥。把开证明的过程讲给哥哥听，哥哥说："狗改不了吃屎，他不让我看我偏要看。"遂拆开牛皮信封，展信见上面写着："该生父亲是旧官吏，哥哥是黑帮分子，母亲逃往湖北，姐姐逃跑江西，一家人对社会不满，思想反动。"

这封字迹如鸡爪般的信，说尽了我们一家的坏话。交上这样的证明信，杨宽还有高中读吗？

哥哥几下把信撕得稀烂，铁青的脸色好不吓人。

杨宽连初中毕业证都没去拿,就此离开了学校。他曾经所有的精神都专注在功课中,想当学者、当画家、当作家,他信心十足,对未来人生充满期待。所有这些,瞬间都成了泡影。杨宽没了精气神,走路耷拉个脑壳,脚在地上拖蹭。脾气变得暴躁,动不动把气撒在哥哥身上,动不动就歇斯底里,他的无名之火使哥哥过得十分辛苦。自己精神上担着重荷,还要面对宽弟带来的身心折磨,哥哥常常彻夜难眠。

未几,哥哥决定让杨宽去湖北妈妈那儿住些日子,既是让宽弟陪伴妈妈,也是让妈妈陪伴宽弟。

四

活人不能让尿憋死,哥哥决定想法逃走。

深秋的一个傍晚,哥哥好不容易见到了和他要好的一个乡村医生——许明德医生,把想去江西找妹妹的事告诉了他。

许医生说:"三十六计,走为上计,越快越好!"

当晚许医生就帮哥哥逃出村子,连夜一直护送到平江,临别时，许医生给了哥哥五斤粮票、三块钱。

湖南的平江县紧挨我落户的江西永宁镇。两地尚未通车，哥哥决定步行去江西。

那时哥哥三十才出头，身体健壮，平时挑一百多斤的担子一点不费力。

一条从平江直通永宁镇的窄窄山路，两边挺立着密密匝匝的苍松和许多不知名的树木。在平江住一夜后，东方刚现出鱼肚白，哥哥就上路了。

先是一条漫长的缓坡，先丘陵而后小山，再就是大一点的山，慢慢地进入大山之中。山崖陡峭，沟壑纵横，走着走着只见云腾雾涌，树影绰约，仿佛是盘古开天辟地前那般的浑浊阴晦，说不尽的神秘。

雾慢慢退去，极目望去，远处的山，近处的山，高处的山，低处的山，山山绵延不绝。裸露的山石重重叠叠。他置身在崇山峻岭之中。

大山里的阳光真是金贵，中午过后才照进来。整个大山此时才豁然开朗，一道道白亮的光柱穿过树林射在山路上，使山路显得格外明亮。

山里的路很难估计。眼看对面一座山，似乎就在面前，走起来却很远。计划中午能到的,直到傍晚才到,望望四周,晚霞已将山峦涂成了橘红色。

真是望山跑死马啊!傍晚的大山显得格外寂静,寂静得让人恐怖。看四周,一个人影也没有,只有鸟雀闹腾过一阵。时不时空中飞出一只羽毛鲜亮的大鸟。时不时传来野兽的嗥叫,在空寂的大山里引起阵阵回响。有时又听到灌木丛中呼地一响,不知什么东西一窜而过,使人兀自一惊。

第一天哥哥沿路没碰到一个人,看看太阳偏西,人已是疲惫不堪,心里好生紧张。他举目四望,忽然发现不远处的山顶上有几间小屋,长长地舒了一口气,鼓足劲儿朝那小屋奔去。

那是个小饭店,三间房里摆满了床,都是用木头架起来的。店主人告诉哥哥,平江到永宁镇只有这条山路,沿途有小饭店可供食宿。这些小饭店多是为那些挑脚的人开的(二十世纪六十年代,平江与永宁镇之间运送东西全靠人挑)。

哥哥就这样一路走过来,有时还真能碰到两三个挑脚的。只要一碰到人,哥哥就赶紧问路。山里人心地好,每次总是详详细细地告诉，交代一遍又一遍，比长沙人好多了。

整整走了三天，终于走到了永宁镇。

见到哥哥的那一刻，我都不敢相信哥哥瘦得如此厉害，他已筋疲力尽。我赶紧接过哥哥的担子。

五

那时我还没工作，带着两个孩子靠丈夫负担。哥哥没住几天就自己找到一个离县城二十多里的小水大队落户当农民。哥哥有时会被生产队派到县城挑石灰，哥哥到县城总会给我挑担棍子柴来，足有七八十斤。

哥哥很快写信告诉母亲，他到了江西，在江西落户当农民，不打算回湖南了。半个月后的一天，杨宽从湖北赶来我这里，说妈妈要他来找哥哥。

哥哥带着宽弟另找了一处——黄田公社弯里大队——落户，那里离县城六七十里地，田多劳力少，正缺青壮年劳力。

弯里大队部是栋很大的房屋，内外三进，大大小小有几十间房，还有天井、大厅、堂屋，雕梁画栋。深山老林中有这样的房屋实在少见。后来得知，这里清朝时出了一个武举人，这大队部原是武举人的老家。

这座大屋住着七八户人家，奇怪的是，大都是单身汉和老两口，没儿没女。据说这山里的人喝了山里冰凉的山泉，不怀孕。也不知是否有科学道理。

山里的田土稀稀散散落在七梁八沟中，田很小，蓑衣、斗笠地却不少。每年栽一季水稻，产量低，大约每亩四百多斤。平时老表们上山砍竹子，砍树，劈成柴火挑到街上卖钱做零用。种的稻谷不够，就靠地里的红薯充饥，一年四季都是红薯饭，难得吃几次荤腥。

哥哥和三弟农忙时种田，农闲时上山砍木伐竹。要是遇到阴雨天山里雾气笼罩，十米之内看不清人。即使是大晴天，太阳也迟迟不能从树梢中升起。天黑得早，傍晚时分暮霭飘浮在半山腰，蚊虫叫个不停，真像欧阳修《醉翁亭记》中描写的"日出而林霏开，云归而岩穴暝"。

哥哥和三弟还有一项劳动就是挑石灰。山民们砍下嫩竹子，浸在石灰水里造纸，这也是当地农民一项收入来源。

一日，三弟和哥哥挑着石灰快到目的地时，突然狂风大作，电闪雷鸣，随即大雨倾盆。忽然一声霹雳，震得大地都在发抖，一个鲜红的火球直朝三弟滚来，幸亏三弟飞快躲开，否则就会触电身亡。这种极少见的球状闪电在地里乱滚，看得人吓出一身冷汗。

"文化大革命"的风暴姗姗来迟，但也迅猛袭击了这闭塞的山村。首先有两户人家被下放到了弯里大队，一户据说是个死不改悔的"走资派"，独自带着一个十三四岁的女儿；另一户是对年轻夫妻，据说是"阶级异己分子"。他们在这里劳动改造，身份类似于劳改犯。

接着，大队里唯一的年轻老师被揪出来了，其罪名就是他的名字——"王者兴"，这不明摆着是要恢复封建制度吗？接着又有两户人家被揪了出来，一户是从浏阳来此地落户已有数年的人家，另一户是大队会计。据说前者是地主分子家庭，后者是贪污犯，都被揪出来，抄了家，被五花大绑地捆着在毒日头下晒。大队管理委员会的牌子换成了革命委员会的牌子，革委会的第一项革命工作就是破"四旧"，"四旧"指的是旧思想、旧文化、旧风俗、旧习惯，这也没什么固定的标准，反正前清武举人的雕花木床被砸掉了。

哥哥的"底细"暂时无人知道，带着侥幸心理战战兢兢活着。不承想一年后，意外地接到湖南那边学校来的平反信，还催促哥哥回去，说将重新为他安排教职，并补发一年的工资。

哥哥就回去了，他被调到一所中学任教，补发了四百八十元钱。哥哥立刻从中抽出一百五十元寄我，那时这是个不小的数字。

哥哥回去不久即再次返回，接走了宽弟。

六

1977年，一日哥哥从学校一路气喘吁吁跑回来，杨宽正在田里做事，哥哥在田边大喊："杨宽，莫做了，莫做了，恢复高考制度了，你赶紧去照个半身相，报名参加高考。"

杨宽头都懒得抬，说："恢复高考，跟我何干，一个初中生，种了十一年田，以前学的都忘光了，还考大学，不要去丢脸。"

哥哥说："机会难得，一定要去。还有两个月复习，你基础好，记性又好，说不定就考取了。连试都不试，怎么晓得考不起呢？"杨宽犟着就是不动，哥哥又气又急，走到田里把杨宽拽了上来。"走，去屋里换身衣服去照个半身相，全身好多泥巴。"

杨宽说："不换，要去就这个样子去，否则我懒得去了。相照得再好，考不上还是考不上。"哥哥几乎是押着杨宽去照了相，又陪他去乡政府报了名，实在是怕他打退堂鼓。

后来杨宽考取了湖南师范学院，全公社只考取他一个。毕业后分在一所中学教书。

哥哥和我们谈起家常时，总离不开会说："今生做对了一件事，就是逼着杨宽考了大学。"

七

哥哥后来就在中学教书到退休。

为陪伴母亲，哥哥选择了提前退休。那年母亲七十四岁，而哥哥也由壮年进入老年。时光就是如此不由分说，充满一种残酷的魔力。

生活是苦涩的，是孤独和寂寞的。哥哥生活中只剩下一个内容，就是陪伴母亲，这是他的责任和义务。周边连个志趣相投、能说上一点话的人都没有。哥哥英俊儒雅，永远不失彬彬有礼的风度，为人有几分矜持，骨子里则是过分的忠厚老实。

哥哥对于母亲，可以用一个"顺"字来概括。母亲的一言一行，即使是不对的，哥哥也不反抗，能顺则顺，从不因了自己的言行而伤害母亲。

八十岁以后，母亲体力大不如前，此时的母亲才算真正老了。冬天的晚上，哥哥帮母亲铺好被子，早早上好两个汤婆子，一头一个，把被窝焐得热烘烘的。母亲睡下，从心到身都是暖和的。

年龄大了，天不从人愿的地方便增多起来，一个晚上母亲要起床四五次小便。刚刚才入睡，睡暖和了，又得起来。哥哥为母亲准备了一个塑料桶当夜壶，起床第一件事便是走进母亲房间，看看母亲，再把塑料便桶提走，倒掉，洗好，放在茅房里。

我每次回家探亲，几点钟到，头天就告诉母亲，哥哥会在107国道一个岔路口的小站接我。

到了那天，哥哥是睡不成午觉的。母亲一遍一遍地催着哥哥去接我。母亲对哥哥说："你慢慢走，到那里时间就差不多了，总不能让之骅等你，大包小包的东西，没看到你，她会着急的。"

哥哥说："是四点半到，我四点动身就足够了，未必我走不过蜗牛。"

一贯通情达理的母亲，在这件事上显得十分固执。最终哥哥总是依了母亲。宁愿委屈自己，两点多钟就出发去接我，在小站坐上两个小时。

某年探亲回乡，一早起来，太阳灰蒙蒙的，午饭之后天上的乌云就忙着拱来拱去，你追我赶。慢慢地，天黑下来了，白日如夜晚。气温骤降，一阵狂风刮过，瓢泼大雨便哗哗而下。风猛力地呼啸着，吹得树枝发疯般摇来摆去。一家三个人，站在堂屋中间，望着门外风的呼啸、暴雨的肆虐，被这老天的威严震慑了。

哥哥说："风轻是吟，风大是啸，这么大的风，这么大的雨，肯定又要吹落很多树叶在屋顶。这屋周围没树不行，不能挡风；有树也麻烦，下一次雨，刮一次风，就要请人上屋扫叶和检漏。"

他一副愁肠百转的样子。

母亲说："今天你三弟是不能回来了。"哥哥说："当然不会回来，住在学校里还安全些。"母亲说："今天早些吃晚饭，早点上床睡觉。打雷，电视怕是看不成了。"哥哥说："我把插头拔掉了，怕打雷打坏了电视机。"

母亲往厨房走去，哥哥立马跟了过去，每次母亲炒菜，哥哥一定会帮母亲烧火。我也跟了进去说："我来烧火。"母亲说："你是客人，还是哥哥烧吧。"我说："我的手艺虽不如妈妈，今天还是我来炒菜吧，妈妈在旁边做个监工。"哥哥立马起身，在堂屋里拿把靠背椅进来，这是母亲的专用椅，上面垫了一块厚厚的海绵垫。哥哥把椅子放在自己身旁，说："妈妈，做监工要有些派头才像，起码要高高在上，坐在那里看着我们做事。"

菜很快炒好了，苋菜一碗，嫩竹笋炒鸡蛋一碗，梅干菜蒸腊肉一碗，菠菜汤一碗。吃罢晚饭，雨仍下个不停，风仍然刮个没完。母亲说："没有电视看，早点上床去看书。"

睡到半夜，感觉脸上有冰凉的东西，用手一摸，是雨水，透过蚊帐滴落下来。我推醒母亲，母亲打开灯，摸摸脸上，也有点湿。

母亲说："是屋顶漏水了。快去拿脸盆接漏，楼上放了谷，打湿了就麻烦了。"

我麻利地走进厨房，拿了三个脸盆，母亲递过手电筒，我便把三个脸盆抱在胸口，腾出一只手扶着木楼梯，一步一步地爬上楼，打着手电筒，在楼上寻找漏雨的地方。终于找到了，把三个脸盆摆好，就能听到滴答滴答的声音。

哥哥听到声音也起来了，开亮了电灯，去各个房间检查，居然发现电视机位置有很大的雨漏下来。哥哥说："糟了，电视机打湿了。"想将电视机挪开，一下没挪动，我怕他闪着腰，赶紧说："不用挪开，不用挪开。拿把伞撑开，盖在电视机上。"又拿块干布将电视机抹干。

这一接雨，把瞌睡全弄醒了，睡意全无，三个人站在堂屋里，眼睛向各个角落投去。哥哥说："这生活有味道吧，够刺激吧，明天第一件事就是去请老三来扫树叶检漏。"

第二天，雨停了，太阳出来了，阳光照进木窗子，温柔地洒在尚还潮湿的地上。树木经过一夜洗礼，青翠欲滴，空气甜丝丝的。樟树上的三个喜鹊窝被风刮下来了，满禾坪落满了鸟窝的棍子，棍子上爬满喜鹊的白色粪便。几只大喜鹊站在樟树上叽叽喳喳悲惨地叫着，呼唤它们的孩子。

我和哥哥捡着鸟窝棍子，打扫着场院。哥哥悄声说："真要想办法搬出去，我和妈妈都老了，一刮风，一下雨，对生活造成诸多不便。就是不忍心对妈妈讲，妈妈太喜欢这里了，不想委屈她老人家。"

捡完鸟窝棍子，哥哥去后屋空地上扫树叶。这是围着房子的一条通道，有一米多宽，一边挨着房子的地基，一边挨着山坡。山坎很陡，坑洼不平，地上铺着厚厚一层红的绿的树叶。树叶上雨水未干，在阳光照耀下泛着辉光，踩上去滑溜溜的。坎上的树叶迟早还会掉到屋顶，干脆把它们扒下来，一起扫掉。哥哥一只脚踏在坎上，手里拿个竹耙子，尽量伸长胳膊去扒那些树叶。扒着扒着，这山坎忽地朝下一沉，是滑坡了。

哥哥被埋在一大堆泥巴里，直起腰子却动弹不得。坎上露出的新土面，面目狰狞。要是再来一下滑坡，非将他活埋不可。

哥哥开始喊人："救命，快来人啦，救命啊。"不忍心大声喊，怕吓着我们，喊得那么斯文，我和母亲在坪里根本没听到。幸亏母亲去厨房拿火钳，好像听到哥哥的喊声，连忙跑过去看。

我和母亲到屋后的时候，哥哥脸色煞白，像根树桩样戳在一大堆泥巴里，正用双手一把一把地抓着泥巴往外丢。哥哥看见我们着急的样子，笑着说："莫急，莫急，用锄头把泥巴扒开，我就出来了。"母亲笑骂道："坎要垮了，还不晓得跑。"哥哥说："我怎么晓得坎要垮。等我发现时，我就在这泥巴里了。"

我和母亲奋力扒着泥巴，终于把哥哥解救出来。哥哥腰以下的衣服上沾了厚厚的一层泥巴，他边走边跳，想把泥巴抖落，样子十分滑稽。

八

母亲去世后，我每天和哥哥通电话，把哥哥当成了母亲，尽诉记忆中母亲的点点滴滴。哥哥对我说："世间没有不散的宴席，硬要想开些，妈妈不希望总看到你哭哭啼啼。"

没了母亲，我便没了回家的强烈愿望。2016年我回了一次家，放下行李冲上二楼，对着母亲遗像大哭一场。

一日早晨，我起床去哥哥屋里，他不在，我便下楼去找，正碰上哥哥拄着拐杖——中过一次风后他腿脚就不利索了——左手拿着一个不锈钢大茶缸。我问他："这么早你干吗去了？"

"那个店的饺子味道不错,我想买碗饺子你吃。"

这次回家,我对哥哥认真讲了一件事。我说:"哥哥,我们迟早是要死的,就像你说的,没有不散的宴席,只是不知你先退席还是我先退席。"

哥哥说:"我是老大,按部就班也应该是我先走,这没得商量,谁也不能抢先。"

"如果是你先走,我不会回来送你,我不能目睹你离开的场面。我没看到你走,心里还始终能有个念想:我湖南还有个哥哥。哥哥,我是认真的,到时你不要盼望我回来啊!"

一日哥哥打电话给我:"之骅,今天我写了四个大字,准备粘在墙上。你猜,四个什么字?""我还真猜不出来。"

哥哥说:"努力活着。"

我说:"哥哥,写得好,我们都应该好好活着。"

到了 2017 年,哥哥的病情急转直下,开始卧床,出门只能坐轮椅了。哥哥真正感觉到人无法与疾病抗衡,再努力也无济于事。他自知生命不会太长,过了一日少一日,又每一日都过得很不容易。那不是过日子,那是一种挣扎。

哥哥一生爱干净，他是油性皮肤，喜欢洗澡，洗澡时间还长。夏天，母亲老开玩笑，你们洗澡一定要抢在哥哥前，哥哥洗个澡像杀头猪那么久。

卧床之后，连洗澡都成了奢侈，这对哥哥打击很大。幸亏哥哥头脑清醒，能和我交谈，我每天给他打电话。

2018年4月上旬，我因膝盖半月板损伤引起疼痛，听了一个医生的话做了微创手术，这手术害得我痛不欲生，躺在床上，求生不得求死不能。天天望着天花板，这小小的手术带来的痛苦像拉橡皮筋样拉得老长老长。

正在这时候，4月29日收到侄子发来哥哥去世的噩耗，身体的疼痛与心灵的疼痛让整个人都木了。我竟然没怎么哭，只在家人群里发了一个消息，你们以后不要再提大舅舅。

人生之难，并非全是吃饭穿衣和日常开支，精神生活也占据同等重要的位置，当你的亲人一个一个离开你时，那刻骨铭心、椎心泣血的感受使人恍惚不知所措。

斯人已去，只留下他的一些字迹，搬到镇上去的那年，我回乡探望，哥哥为我写了一首诗：

喜妹妹回家

一年一度老章程，

仆仆风尘万里行。

重游旧地乡情笃，

喜见新居笑语频。

扫地除尘迎骨肉，

捕鱼割肉宴亲人。

太平盛世风光好，

阖家团聚乐无垠。

一百元钱

哥哥用平反的钱买了材料，准备做几间房子。哥哥写信告诉了尚在湖北的母亲。母亲无法抽身回来，总是书信不断，有时在平信里放上十块钱，五块钱，最少三块钱，夹在信纸里，寄给哥哥，并交代，回信时不要提钱的事，在信纸上的右上角画一个圈圈，我就知道你收到钱了。

哥哥收到了钱,心里波澜万顷,有时甚至哭出声来。每次回信时都要母亲不要这样做。哥哥说:"不管怎样,我总是拿工资的,而妈妈在乡下,搞个钱不容易,不要太苦了自己。"

母亲回信说:"我还能做,棉花可以卖钱,种菜可以卖钱,只要人勤快。湖北种萝卜、白菜,都是大片大片地种,一卖就是上百斤。除了家用,我节省几个给你们,虽然是杯水车薪,毕竟是当妈的一片心意,自己的亲生骨肉都不帮,那就不像个母亲了。只是我不想让王家叔叔晓得,怕他以为我将钱都搞回了家,身在曹营心在汉,对我有看法。"

后来,我的小孩接二连三地考取大学,母亲知道我有困难,也用同样的形式,把十块钱、五块钱,最少三块钱放在信里寄给我,同样让我画圈圈。我收到了钱,总是要大哭一场。我知道母亲去卖萝卜、卖白菜有多辛苦。天不亮,就要整理好菜,等天亮了,搬上拖拉机,人陪着菜一起坐在拖拉机的拖斗里。

母亲回信时告诉我,她不晕车,坐在拖拉机上,就像坐在母猪肚子里,摇啊摇啊,还有些舒服呢。有次,我实在忍不住问母亲:"坐在猪肚子里是什么滋味?"母亲信中说:"母猪怀孕,小猪在母猪肚子里,母猪走路时,肚子一动一动,一摆一摆,摇摇晃晃,我坐在拖拉机上就像坐在母猪肚子里,摇摇晃晃的,所以挺舒服呢。"这封信,使我破例地笑了。

王家叔叔去世后,母亲回了湖南。我回家探母,睡觉前,跨进母亲房间里,昏黄而温暖的光芒一下罩住了我。母亲神秘兮兮的,从最里层的衣服口袋里拿出一百块钱给我。钱折得很小很小。崭新崭新的票子,带着母亲的体温,打开时就发出噼噼啪啪的脆响。我一点都没推却,把它放进自己的钱包。

每年回家,母亲都给我一百块钱,已有几年了。

每次,我要回江西的头一天,母亲会一再交代我:"走时不要哭,你有你自己的家,不可能长期和我厮守,我和你哥哥弟弟住在一起,他们孝顺我,日子好过,你不要操心我,只要每年能回来看看我,我就知足了。"

说好不哭,但总是要食言。我跨出门槛,头都不敢回,一句话也讲不出来。母亲默默地跟在后面送我,走了一段路便说:"你走,我回去了。"我只能使劲地点头,不想母亲看见我哭。我走出了几十米远,回头想再看看坪里,居然看见母亲站在那棵橘子树下哭泣。

终于上了开往长沙的班车。哥哥朝我挥手的身影越来越小，直到消失。

　　我座位旁边有五六个人玩扑克牌，一张红桃 K 一张黑桃 K 换来换去，旁边有人用三十块钱押红桃 K，另一个人押了四十块的黑桃 K。玩牌的人开了牌，是红桃 K，于是押红桃 K 的人就赢了四十块钱。赚了钱的人喜笑颜开，输了钱的人也不丧气，唠叨了一句，你不要高兴得太早了。再押，输了钱的人果然将钱赢了回来。

　　车开后，我的心里就空落落的。玩扑克牌的人挨在我面前，不由得看了几眼，觉这牌容易押中。这时，旁边有一个三十多岁的男子，长相英俊，挺忠厚的样子，他对我说："你有钱吗？可惜我身上没有钱，这钱眼睁睁地让别人赚去了。"言语透着诚恳和无奈。

　　我看看周围，大家都熟视无睹。我倒根本没想押不中，只是不好意思，一个女的跟一伙男的赌扑克，不成了个女赌徒，但其实我也想赢点钱，女儿还有两个多月就考大学了。

　　那人对我说："莫押多了，输赢也不大。"于是我红着脸，像做贼一样把预备从长沙坐车回家的二十块钱押了上去。我押的是红桃 K。牌一开，是黑桃 K。我在心里不停地念叨："怎么可能，怎么可能呢？我明明看见这边是红桃

K 的啊。"

变成一个赌徒，只需要那么一瞬间，我只想着输掉了的钱一定要赚回来。我一押再押，结果连带着母亲体温的崭新百元大钞都输掉了。幸亏只有那么点钱，否则后果不堪设想，真是偷鸡不成蚀把米。

我强装着若无其事。到了长沙，便去有业务往来的公司借了二十块钱，买了车票，打道回府。而那伙玩牌的人，没到长沙就下车了，原来他们是一伙的，那个看上去是老实人的人是个媒子。

这件事成了我心中的秘密，现在已没有机会告诉母亲了。妈妈，对不起啊。

几年后，我和我的孩子们讲起这事，他们直笑我："聪明一世，糊涂一时，想不到妈妈还会做这种蠢事。"

旅行在继续着。由一年一次看望母亲变成了一年两次。大女儿特意给我买了一条短裤。短裤正中有一个隐形的口袋，外面有个拉链，回家看望母亲的钱，就装在这个口袋里，贴身穿着，万无一失。随着条件的好转，口袋里的钱慢慢地递增着。到了家，走进母亲的房间，喜滋滋地从口袋里面拿出钱递给母亲，带着我的体温。

母亲接过钱，放进抽屉："我跟你保管，要用就到这里拿，车票钱也到这里拿，就在这张报纸下面。你别总给我钱，我老了，用钱的地方少了，你留着自己用。"

那条短裤我一直保存着，清理衣物时拿出来，轻轻摩挲那个隐形口袋。我透过眼前的雾水，仿佛看见母亲和我面对面站在房子中间。我拉开外裤的拉链，又拉开放钱的拉链，伸手抽出钱给母亲。那一霎，死死定格在我脑海里。就这样，我又一次把母亲留住了。

看电影

七十年代初，看场电影也是种奢侈。一则电影票很难买到，常需要开开后门；二则经济拮据，两毛钱一张的票，都要花一番脑筋考虑，看还是不看呢，看还是不看呢？

有几年时间，妈妈每年来我这儿住三四个月。妈妈很节省，只是一听到有电影，就有些坐立不安，嘴上说着："不看吧，不看算了。"但我知道她心里有多盼望看一场电影。

有一年，妈妈来了，正赶上林业局放露天电影。林业局离我家只隔条马路，这回要连放三个晚上的《侦察兵》。妈妈听了，自是高兴异常，脸上泛着喜悦的光辉，她说："三场就三场，一场都不落下，不要钱的电影，多看几次也无所谓。"

那天早早就有小孩子去探看现场，说幕布就挂在林业局的一片空地上。日落时分，我们吃完晚饭，洗过澡，拿起大蒲扇就奔林业局。一家人恨不得生出翅膀，飞到那里去占个好位子。

离开演还有半小时，但等我们走到那里，场地上已是黑压压一片人头。人声鼎沸，大人叫，小孩哭，此起彼落。我们没有去凑热闹，而是径直走到一片斜坡上。这斜坡正对着屏幕，只是离得稍远。斜坡顶上有一簇簇灌木，还有几棵高大的樟树，月光是隔着树过来的，在斜坡上落下参差斑驳的黑影。我们就坐在绿草如茵的坡上。月亮渐渐升高了，凉爽的风吹过来，母亲拿把蒲扇，不时地拍打着驱赶蚊虫。幕布上终于出现了"侦察兵"三个字，无数的脑袋像被绳子牵着，齐刷刷望向前方。

三场《侦察兵》看下来，也不觉得厌倦。看电影的过程，让人把一切烦恼都暂时丢掉了。

过了些日子，县城里的人奔走相告，说来了《红楼梦》的电影。拷贝是放映员坐长途汽车到省城拿来的，据说好容易才抢到手，要连演三天三夜，二十四小时不停机。票不对个人发售，一律团购。

我所在单位发下来的票是凌晨四点的。我知道妈妈是个电影迷，又喜欢《红楼梦》，能看上这场电影不知该有多高兴。但是，当拿到凌晨四点的票时，我有些犹豫了，妈妈这么大年纪，为了看场电影，凌晨三点多就要起床；而且放映地点并不在县城，而是在距离县城有十几里路的一个三线厂，需要集体坐大卡车才能去。我没有票，自然不能陪她，她一个人凌晨即起看场电影未免太辛苦。

我拿着这张票，一筹莫展，真有些不忍心让妈妈去看。妈妈似乎已听闻风声，说："想看《红楼梦》这样的片子，还会在乎时间？"于是，我试探着说："妈妈，你去看吧，只是太辛苦了。"妈妈立马说："好，我早点睡，明天去看《红楼梦》。"一副兴高采烈的样子。本来我还想说，要不等最后一天，我搞到时间更好的票再去看；或者要不这次不看算了，以后还会有的。看到母亲脸上的喜悦，我什么都没讲。

正好我们隔壁的小何也去看这场电影，如是，我请小何和母亲结伴一起走。凌晨三点多，我睡眼蒙眬醒来时，母亲已起床，梳好头，洗好脸，安静地坐在门口等小何。

当小何挽着母亲走时，我也情不自禁地跟在后面走了一段路。凌晨三点多的夜并不安静，月光把什么都照得明晃晃的，街边的路灯不知疲倦地闪烁着，路上已有熙熙攘攘去赶这场电影的人们。妈妈走在他们中间，脚步十分笃定。

江西柴刀

母亲在我那里发现江西柴刀好使。粗硬的棍子，用刀先斫一下，再一折就断了，不费好大力气。大一些的柴火，想劈细来烧，这刀也能劈。母亲试了两试便说："这种柴刀好，既能砍柴，又能劈柴，湖南没有这种刀，回去时，我买一把带回去。"母亲常常在我这儿发现好东西，不知是东西确实好，还是她爱屋及乌。总之，她回湖南时便带了把江西柴刀走。

母亲对这把江西柴刀爱若至宝。在母亲心里，这刀不光是一坨死铁打出来的，它的来处，是她牵记的地方，因那儿有她牵记的人。她常常使用这把刀。不用的时候，就放在碗柜顶上，用张报纸遮住。

一日，刚吃过早饭，邻居何老倌的堂客八莲到我家来了。哥哥心想："这八莲一早就来，一定有么里事。"八莲走近哥哥，说："杨老师，借你们的江西柴刀给我家老倌子砍一天柴。"哥哥答："别的东西我能做主，这把江西柴刀我就做不了主，妈妈把它看成宝贝样，爱惜得了不得。"八莲说："那我自己去找杨嫂驰借。"

八莲走进灶屋，对正烧着火的母亲说："杨嫂驰，借你的江西柴刀给我家老倌子砍一天柴。"母亲干脆地说："不借，不借。我好不容易从江西带回来一把刀，砍坏了，你拿什么赔我，买又买不到的。"八莲说："杨嫂驰，我只砍一天柴，傍晚就还给你，保证不会砍坏。"

母亲心想着远亲不如近邻，不要为把刀得罪了人家，邻里邻居的，便无奈道："好，好。借你用一天，傍晚一定要还来哦。"八莲说："杨嫂驰，你只管把心放肚子里。"这八莲是个独眼龙，但声音好听，低低的，厚厚的，听起来就好像一股温暾暾的水流从心里淌过去，母亲还有些喜欢听她讲话呢。

母亲从碗柜上取下江西柴刀,递与八莲。

朝霞变成了落日,八莲没来还刀,母亲对哥哥说:"我要去拿江西柴刀。"哥哥说:"妈妈,今天不要去,明天去拿吧,不要显得我们如此厉害,像催命一样。"

第二天,母亲又被哥哥劝住了,哥哥说:"妈妈,刀还没有还回来,可能别人还要用一下。"

就这样拖到第三天傍晚,母亲再不管哥哥的意见,径直去何老倌子家拿柴刀。母亲说:"何老倌,我要刀用,说借一天,现在是第三天了,想必柴也砍完了。"

何老倌说:"杨娭毑,真对不住,我把刀丢掉了。"

母亲说:"不可能,你一个大活人,还管不住一把刀,它又没长脚。"

老何说:"确实丢掉了,我插在柴里面,等我回来,到柴里去拿刀,不见了,肯定是掉在路上去了。"

母亲一听,突然像被蝎子蜇了一下似的,血往上涌,满脸鲜红,恨不得掴老何一个耳光来解气。忍住气说:"当时怎么不去找,丢了就丢了,别人的东西一点也不心痛。"

老何说:"找了好久,有找到。掉在路上,人来人往的，早被人捡去了。"

母亲说："当时我说不借，你们硬要借。借了人家的东西又不爱惜，丢了就丢了，讲都不和我讲一声。我不管，你买也好，打也好，赔我江西柴刀。"

老何一副苦脸："我又有得江西柴刀，拿什么赔你，我有得办法。"

这家人就是有点赖。八莲经常要给孙子缝缝补补或钉扣子什么的，但她从不买针线，隔三岔五来向母亲借："杨娱驰，借你的针线我用一下，等会儿送来。"

母亲说："好，针线我有啊。"于是立马起身给她拿针线。可八莲讲话从不算数，一次也没有还过。因隔不了几天就要借一次，母亲干脆将针线用一个鞋盒子装着，放在窗台上，她再来借，母亲也不起身，答应一句："八莲，针线在伙房窗台上，你自己去拿吧。"母亲心想，针线便宜东西，让她去用，不还就不还。慢慢地，针线都被她用完了。丢了江西柴刀后，母亲确实对这家人没有好感，八莲再来向母亲借针线，母亲说："我眼睛不好了，穿不了针，多日没针线了，也懒得买了。"其实母亲是少不了针线的，只是丢了江西柴刀后，母亲就下决心停止了供应几年的针线。

一年后的一天,哥哥在坪里晒衣服,一个人挑着担子来向哥哥问路:"同志,借问一下,何兵生家住在哪里?"哥哥把何老倌家指给那人看:"就是这栋屋,才几米远。"哥哥看那人挑的担子,一头捆着个风箱,另一头是个铁墩子,便对那人说:"师傅,不知您是做什么手艺的?这担子只怕有蛮重哦。"那人说:"我是个打铁的,今天何老倌家请我去打几样东西。"

哥哥快快地把衣服晾完,走进灶屋,对母亲说:"今天何老倌家请了铁匠上门打东西,一定会打把江西柴刀还我们,等下我去看看。"母子俩吃过早饭,母亲就一个劲儿催着哥哥去,趁这机会一定要打把江西柴刀。

哥哥走进何老倌家,铁匠师傅正在摆弄他的家什。哥哥问何老倌:"你今天请了师傅上门,摆这么大的阵势,都要打些么里东西?"何老倌答:"耙头、锄头、二齿钩都要打。"哥哥说:"你有没有想打把江西柴刀?"何老倌说:"湖南师傅没有见过江西柴刀,他不会打。"哥哥生气地说:"那你不打算打啰?"

老何没作声。

哥哥走到铁匠师傅面前,对铁匠师傅说:"我还要请师傅打把江西柴刀，我另外出钱。等下我画好图拿过来，比我们湖南的弯刀还要容易打些，它是直的。"

哥哥回来，就趴到书桌上画。母亲走过来说："你在画么里哦？打江西柴刀的事讲好了吗？"哥哥说："讲好了，师傅没看过江西柴刀，我画个图给他，他就会打了。"哥哥边画边对母亲说话，手里还拿把软尺，这刀带把大约是二十二厘米长，七厘米宽，刀背的厚度有一厘米，慢慢地薄，直薄到刀口，刀的另一头带点尖钩形，刀把的直径有四厘米，我们再装一个木把手，大约九厘米。"妈妈您看，我画的像不像我们原来的那把江西柴刀？"

母亲左看右看，然后说："像，像，就是这个样子，你快去，让师傅先帮我们打。"

铁匠师傅连打了三天，哥哥就往何老倌家跑了三天，硬是拖到最后一天才打这把江西柴刀。哥哥拿到刀，从口袋里拿出五块钱给何老倌，何老倌没有半点羞色，马上接下这五块钱。哥哥拿着江西柴刀向家里走去，一路想："这何老倌子真有些不要脸啊。"

哥哥把刀递给母亲说："总算赔了我们的刀，好不容易啊。"他没说起那五块钱。

纳凉

炎热的夏天，当骄阳初下，皎月初升，习习晚风吹开一天的暑热，一家人照例坐在禾坪里纳凉。哥哥早早地帮母亲摆好了藤椅，藤椅上搁把蒲扇，旁边一张小方凳，小方凳上深绿色搪瓷茶缸里装好了一杯凉开水，用盖盖好。

不一会儿，全家人都坐到坪里来了，手里各自拿着蒲扇，时不时拍打着，赶蚊子。禾坪两边的树木，叶浓树密，藤蔓纠缠如丛林，蟋蟀吱吱地叫着，萤火虫在头顶飞来飞去，荧光一闪一闪，舞龙一般。

晚风经由树林的间隙吹过来，如同清凉的细流流经身体，使人快意极了。大樟树的叶子投在禾坪上，经月色过滤像铺了块印花布。忽听一阵窸窸窣窣的声音，大黄猫嘴里叼着一只老鼠，轻捷地一跳，再继续跑开，躲到一个安静的地方享受去了。

话题从大黄猫开始说到前几天家中被偷的鸡。母亲说："最伤心的是大公鸡也被偷走，实在可惜。这贼心狠手辣，倘能留只鸡给我做种，也就算他有点良心。"

这里鸡和鱼都养不住。鱼塘就在我家门口的道路下方，头年哥哥去镇上买了二十条草鱼苗放在塘里，平时从田里捉来的小鲫鱼也丢在塘里，快过年了，草鱼长成三四斤一条。母亲上午一趟、下午一趟地去看鱼。母亲蹲在塘边，看到青青的鱼背在水里若隐若现，弄得满塘池水无休止地荡漾，便十分开心。母亲也喜欢鱼儿泼剌剌跃水的声音，看到鱼儿跃出水面，母亲脸上会突然出现光彩，眼睛亮得打闪。兄弟俩回到家，母亲总要念叨这鱼。母亲说："今年过年，鱼不用买了，欠别人的人情债，也送鱼来还，这比什么都实惠。"

结果，年还没到，连小鱼都被捉光了。

一日，母亲料理好了家务，又去看鱼。平日还没走到塘边就能听到泼剌剌的声音，今天却格外安静。母亲心中一紧，快步走到塘边。塘里的水被放得干干净净，鱼草堆在一角，一条寸把长的小鲫鱼在草上拼命挣扎。鱼给偷得就剩这一条了。

母亲气得双脚发软，慢慢地走回家，呆坐在椅子上。中午都没有吃饭。

傍晚兄弟俩回来，母亲告诉他们鱼被偷了，兄弟俩还不死心，跑去看，当然看也是白看。

偷鸡偷鱼的人，我们家心中有数，邻居何老倌家的儿子手脚向来不干净。母亲说："今天一大早，我还没起床，听见塘里有人洗衣服。早晨安静，捶衣服的声音显得特别大，我心想，这是谁这么早就洗衣服，我起来披上衣，打开大门，一眼就看到八莲提桶衣服从塘里走来，低着头，匆匆地走过去。当时，我根本没有想到是偷了鱼弄邋遢了衣服，一早来洗，晚了怕人看到。可是，我们又没当场捉到他家偷鱼，这不一点办法都没有。"

只过了几天，何老倌家儿子因偷电缆坐牢去了，判了四年。

一日晚上坐在坪里纳凉时，何老倌来了。

何老倌满脸沮丧。三弟递上烟，打着打火机，他就着火机只吸了一口，欲言又止。手里的那支香烟的海绵头离他的嘴唇不到寸把远，就这样拿着，一缕淡蓝色的烟雾越过他的头顶，懒洋洋地朝四处飘去。只见何老倌嘴角露出一丝苦笑，不着边际地说了句："活着真难，要修来世。"

大家都不作声。

大乖

那次我回家,和妈妈一起到镇上赶集,刚走上公路,就碰上一辆搬家的车子擦身而过,从车上掉下一只小猫咪。我走过去将小猫捧在手里,妈妈说:"这猫还没死,带回去养吧。"

我说:"我们还要上街,先藏在路边草堆里。做好记号,回来时再带回去。"妈妈说:"不行,小猫会冻死的,集不赶了,先回去吧,小猫咪好可怜。"我只好把小猫咪捂在手里,和妈妈一起回家。

回到家里,妈妈立马拿来一块棉垫子,靠火炉铺着,让小猫咪睡在上面。小猫蜷缩在棉垫上,一动不动。

正好家里买了泥鳅,妈妈抓了两条大的,煮得烂烂的,汤稠稠的,用一个小碗盛着,放在小猫的旁边。小猫津津有味地吃着,不厌其烦地伸出红红的小舌头左右舔着嘴唇,妈妈高兴极了:"这下不怕了,会吃东西就好,这猫能养大;长大了,可以帮家里捉老鼠,又算救了它一条命,真是一举两得。替它起个名字吧,就叫乖乖,让它在我们家里乖乖地长大，长大了乖乖地捉老鼠，不偷吃。"

后来，这猫养得好大好大，一身油光闪亮的黄毛，坐在那里，一副气定山河的样子，威武得像是小老虎，妈妈替它改了名，叫大乖。妈妈叫起大乖来特别好听，乖字带有卷舌音，只要一叫大乖儿，大乖就会跑到妈妈身旁挨妈妈坐着，妈妈也会抱它，抚摸它，就像对待她的孩子一样。

大乖真正长大了，有了它的隐私，一年总有那么几天不在家里。一家人都提心吊胆，怕它再不回来了，但几天后，还是回来了。有一次又这么外出然后回来，虽谈不上遍体鳞伤，但也伤得不轻，前爪子和嘴唇全是血。很显然，是和别的同类争风吃醋而大打出手。又有一次回来，居然尾巴少了一点点，尖尖的尾巴成了圆秃秃的。

那最后一次的回来，我们正在吃早饭，大乖嘴里叼着一条蛇蹿进家门。蛇的尾巴在大乖的嘴巴外面死命地挣扎，扭来扭去。哥哥立马拿来一把火钳，我赶紧关上门，加上母亲我们三个，想捉住大乖，用大钳将蛇强行夹出来。

不知好歹的大乖蹿上蹿下，我们个个都累得气喘吁吁，硬是捉不到它。哥哥气得恨不得拿根棍子打死它，妈妈说："算了，算了，它把蛇的头都吃进肚里了，还剩下个尾巴，大概也无大碍。"一家人眼睁睁地看着大乖躲在门后面，花一晌午时间把蛇全吃了，把个肚子吃得鼓鼓的。哥哥说："好像这条蛇还不小呢，把个肚子撑得这么大。"

又有谁知道，这是条有毒的蛇呢。第二天，大乖屁股后面的毛湿了一大片，显然是拉肚子了。到了第四天，大乖精神萎靡不振，身体瘦了一圈，一副病恹恹的样子。妈妈避着哥哥用鸡汤泡了一大钵子饭，看着大乖狼吞虎咽地吃完，心想："大乖还这么会吃，慢慢会好起来的。"

没想到，第二天打开大门，就看见大乖死在坪里的那棵橘子树下。

我们那里有个说法，猫死了，不要埋，埋了会变成獠牙鬼害人。要挂到树上，让它腐烂。我和妈妈哥哥一商量，决不能信这个迷信。挂在树上，腐烂了臭烘烘的，要惹来多少苍蝇。

左想右想，哥哥说："对别人不要透露猫死了，只说是出去了，没有回来。明天趁着天不亮，我把它偷偷地埋到山上去。"

妈妈难过了好长时间。后来又买了一只小花猫让妈妈养着，算好了些。

妈妈替小猫起名小花。对妈妈来说，这是有双重意义的名字。

来富

来富是我们家的一条母狗，一身黄黑相间的毛，是妈妈在一个熟人家抱来的。在六只小狗中妈妈挑选了它，妈妈说："母狗很好看。它长得和它妈妈一样的毛色，长大了也会好看。"

小狗的名字是妈妈起的，盼望狗给家中带点财富来。只要家里不被贼偷，就是来富的功劳。没有来富之前，有一年母亲养了十六只鸡，把这十六只小鸡养大，母亲不知花了多少时间和精力。当每只鸡都长到三四斤重时，有一天早晨，哥哥去鸡舍放鸡，才发现所有的鸡都被贼偷光光了。小偷是将泥砖墙挖个洞，钻进来偷走了鸡。哥哥吓得脸都失色，他怕妈妈太伤心。这是第二次被偷，而且我们心里明知道偷鸡者是谁，是个挨我家很近的人家，但苦于没证据，奈何不了。

母亲说："要是有只狗，保管小偷是不敢来的。"这才决心养只狗。

来富很忠实于主人，但对别人很凶，连从屋门前路过的人都不放过，狂吠不止。这有些讨厌，别人骑个摩托路过，来富也要追上好远。

老五有几分田在我家附近，他每次犁完田就把农具放在我们家里。一日，老五来拿农具，正好来富似雄狮盘地地坐在坪里。来富一看，老五个子不高，人干瘦干瘦，穿件灰不灰白不白的上衣，裤子卷齐小腿肚，脚上套双破鞋子，顿时便认定老五是个坏人，狂吠不止。老五站在路当中，不敢到我家拿农具。

我听到来富狂吠，跑了出去，眼前一幕是：老五手里拿一根比筷子粗不了多少的棍子，左右甩着，且甩且退，嘴里祈求地叫着"别咬别咬"。来富根本不听，威风四起，步步逼近老五，连我都喝止不住。当我回身想拿根棍子打来富时，老五已经一不小心，被来富逼得掉到田里去了。田里有很深的水，离路面有丈多高，老五一身湿透，又糊着稀泥，狼狈不堪的样子使我大笑不止，直到笑痛了肚子，笑弯了腰。

这时，哥哥从外面回来了，问我怎么一回事。我把事情的经过一五一十地告诉哥哥听，哥哥说："还笑，还笑，要不得。"

哥哥赶紧跑到房里，拿了一身衣服，还有毛巾和鞋子赶出去，老五正在田边塘里洗泥巴。哥哥跑到塘边对老五说："快洗洗干净，换上我的衣裤，赶紧去犁田，我去帮你把犁扛过来。不要耽误了时间。衣服我拿回去帮你晒起来，收工时，你就有的穿。中午在我家吃饭，替你压压惊。"

那天的午餐非常丰盛，鱼、肉、粉丝、蔬菜摆了一桌子。哥哥去叫老五吃，老五硬是不肯来，好不容易才把他拖进屋。

真没想到，吃饭时，老五的吃相使我非常惊讶。他是那么文质彬彬，慢条斯理，撰菜时斯斯文文，放进嘴里也是慢慢的，嚼起来没一点响声。我暗自惊叹，在这方面，老五受过良好教育，不知是父亲还是母亲的教诲。

席间，我对老五说："老五，对不起啊！今天我不该笑你，不要生气啊！"

老五说："没德才容易生气。"

吃餐饭老五就讲了这么一句话。

看牙齿

母亲七十八岁那年,一颗大牙松动了,比其他牙齿长出来那么一点点。就这一点点直接影响了母亲的咀嚼。

之前母亲也掉过两颗牙,根本没感觉到痛苦,吃饭时被硬东西顶了一下,就掉了,不痛不痒。唯有这颗牙齿,早该掉了,还偏偏霸着这个位子不放,母亲用手去扯,又觉得非常牢固。

兄弟俩劝母亲,一定要去看牙医,因了这颗牙齿不能嚼东西,这还得了。

三弟说:"我听人讲,镇上的黄医生看牙蛮好,我们去找他看。"三弟又说:"听说黄医生好酒,我们带瓶酒去送他,请他手下留情,不要把妈妈弄痛了。"

妈妈用袋子装了瓶四特酒,这可是江西名酒,是我带回家的。到了镇上又买了十个皮蛋,提着这两样东西,母亲底气足了些，毫不犹豫地走向牙医诊所。

诊所里就只有一个六十来岁的人正在整理桌子。他非常健壮，眉毛漆黑，一双单眼皮，眼睛修长，习惯性地含着笑意。三弟走近，说："你就是黄医生吧？"

对方抬起头："是呀，我就是黄景台。"

三弟说："我们是慕名而来的，知道黄医生医术高，特意带母亲来看牙齿。母亲年纪大，怕痛，她一辈子都没看过牙齿呢。"

三弟边说边把酒拿出来，轻轻地放在桌子上，说："黄医生，听说你还是个酒仙，品尝一下江西四特酒，看看味道如何。"三弟又将皮蛋放在桌子上。

黄医生说："这怎么要得，受当不起，太客气了，太客气了。"一边拿起四特酒和皮蛋弯腰放在桌下的柜子里。

黄医生走过来看着母亲说："老姐姐，你的牙齿怎么啦？"这一声"老姐姐"使母亲感到无比欣慰，仿佛绝路之时见到了援兵，心里顿时踏实了。

母亲坐在看牙齿的躺椅上，动荡不安的目光时不时投向三弟，心里还是有些害怕。黄医生说："不怕，张开嘴巴。"然后拿把镊子伸进母亲嘴里敲了敲，一边问："痛不痛？"声音极其温和。母亲说："有一点。"

黄医生说："你这牙齿非拔不可，只连到一点点肉。"又检查了其他牙齿说："还有三个牙齿有点松动了，不知道能保多久。东西尽量煮烂点，上了年纪，牙龈萎缩了，冇得办法，我以后也会这样。"

等母亲再次张开嘴巴，黄医生伸进镊子。当他把镊子拿出来时说："老姐姐看。"镊子上夹着一个牙齿。

母亲说："这就拔掉了，我根本不晓得，没有一点感觉，谢谢，谢谢。"

离开的时候，黄医生热情而富有感染力地笑着说："走好啊。牙齿出了毛病，一定来找我啊，包你不痛。"

母亲觉得这医生人真好，对病人耐烦，用手很轻，又叫她"老姐姐"，以后每次看牙都找他。

一晃，母亲在黄医生那里看了几年的牙齿。一日，母亲拿了二十个鸡蛋、一瓶竹叶清酒，哥哥陪着母亲去看牙齿。走进诊所，居然是个年轻医生在帮别人看牙，一种失落从母亲心底升起。

母亲问那个年轻医生："黄景台医生还没来？"年轻医生说："我父亲在两个月前过世了。"

母亲一时没反应过来，以为自己听错了。

哥哥说："你父亲身体很硬朗，得了什么病，怎么这么快啊。生病时，我们不知道，没去看他，真对不起。"

黄医生的儿子说："平时什么病也没有，是脑血管破裂，倒在地上就死了，救都救不赢。"

母亲说："老天爷不长眼啊，他比我小十几岁呢，怎么就让他先去了呢？他跟我说过，我的牙齿，这辈子他包下来了，管到底。怎么他说话不算数，不管了呢？"说罢，抽抽搭搭地哭了起来。

年轻的黄医生看了母亲的牙齿后，建议母亲重镶一口假牙。母亲说："不知还能活几天就死了，你看你父亲。真没想到他会死在我前面。"

母亲的门牙终于在八十五岁掉完了，这对母亲是个非同一般的打击，母亲一生爱美，最担心哪天会没有门牙了。

母亲说："人老了一旦没有门牙，那真是奇丑无比，嘴巴瘪了下去，缩成一团，像个放了太久没有吃的苹果，皱皱巴巴。嘴巴不关风，讲话会喷口水。以后连句话都不敢讲了。其实人活老了不好，这是老天爷对她的惩罚。"

刚掉了门牙，母亲很不习惯，讲话时，总是用手遮住嘴巴，怕有口水喷出来。看电视时，也用手遮住嘴巴。吃饭时，碗端得高高的，不让别人看到她嚼饭的样子。母亲说："没了牙齿，吃不下的东西就不吃，我不想像牛反刍那样，嚼个不停。"

八十多岁的母亲一直保持她美好的形象，干净，整齐，头发一丝不乱，脖子上永远有一丝白领子衬着她衰老而不失清秀的脸。

搬家

2001年，家里做了个重大决定，去阳春街买套房子，搬离庵子里。

原来一直害怕母亲接受不了，因母亲太喜欢庵子里了。但母亲明事理，有分寸，她望着门前的禾坪，心里明白，再住下去只能害了哥哥和三弟。此时的农村已显出凋敝之象。八十多岁的母亲，依然心痛儿子，怕自己拖累了他们。

哥哥终于在阳春街看中了一套房子，是一幢旧的三层小楼房，很合适我家的居住，一楼和二楼都有两室两厅，有卫生间和厨房，只要八万块钱。

哥哥那一点点存款还是远远不够，何况还需要简单装修下。但哥哥铁了心要买下来。这套房子离中小学、医院都只有半里之遥。菜市场就在附近，周边还有不少商店、小吃部，银行就在旁边，每个月的工资就在那里取，方便。这个小镇还是交通要道，到长沙、汨罗、岳阳、平江、武汉的车都要经过这里，坐车方便。

哥哥把看中房子的事告诉母亲，母亲很淡漠。八十多岁的人了，要去重新适应新的环境，心里难免有些忐忑，但母亲知道，势在必行，这家是一定要搬的。

哥哥最后一次去看房，就付了定金，回家时，买回一盒粉笔。哥哥就在堂屋的地上，十二万分的耐烦，一笔一笔把房子画出来，每画一笔，就跟母亲解释一句，这是什么地方，通往哪里，母亲睡哪个房间，床卧怎样摆，厨房在哪里，卫生间在哪里，一一说明。

母亲搬把小凳子挨着哥哥坐着，仔细地看，仔细地听，但母亲的眼睛就是有些恍惚，好像无处停靠。

哥哥说："要不哪天叫辆车带妈妈去看看。"母亲说：

"不去,即使我说不好,你们也不会改变主意。定金都付了,何必多此一举。"

过了一阵,母亲又对哥哥说:"我还是没搞清房子的结构。"于是哥哥又十二万分的耐烦,画给母亲看。这样反反复复,一次又一次,只要母亲一问,哥哥就开始画,不晓得画过多少次。后来母亲终于不问了。

我在2001年春暖花开时回家看望母亲。新家正在搞简单的装修。母亲对我说:"明天你要辛苦一趟,代我去阳春街看看房子。哥哥人太好,听了别人几句好话,什么亏都能吃。"我说:"要不妈妈明天和我一起去。"

母亲说:"我不去,有你看,就放心了。"

看了房子回来,我说:"那房子挺好的,妈妈一定会喜欢。"母亲说:"你再给我讲讲,我不记得了。"我告诉母亲,大门前,是块大土坪,是有六十多平方米。哥哥说,要把它铺上水泥,平净些。土坪的右侧有棵樟树,高大挺拔,枝繁叶茂,绿荫覆盖了半个土坪。土坪外就是大路,宽度可以行车。菜场就在房子附近,大小商店也很多。还有几家早点铺,除了包子、馒头、面条外,供应花色各样的小吃。

母亲说："看了给我准备的房间吗？"我说："当然看了。妈妈和哥哥他们住二楼，二楼较安静。一楼做生意，出出进进的人多。"

妈妈的房间放两张床，如果晚上三弟回来，就和妈妈住，三弟不回来，哥哥和妈妈住，总之，不能让妈妈一个人住个房间。

哥哥说："把妈妈这个有穿衣镜的衣柜搬过去，妈妈的衣服仍放在里面，熟门熟路。火房的小电视柜也搬过去，下面放妈妈吃的东西。再买个彩电放在上面，妈妈想看什么电视就看什么。再买张桌子，给三弟备课用。放把藤椅，房间还很宽敞。妈妈，你看，要的不？以后还需要东西，再买。"

母亲对我说："搬家时，你一定要回来啊。你不回来，这家是不能搬的。我会找不到东西。"

我说："妈妈，放心，搬家时，我会提早回来整理东西，还要在新居陪妈妈多住几天。"

妈妈脸上终于有了一丝温暖，眼里露出一点点笑意说："有你在，我的胆子就大些，什么都依靠你，人老了，成了个废物。"

时间像闪电。转眼便到了十月小阳春。不记得在哪本书上看到，有人想让时间停留下来，我就有切肤般的同感。

我回到妈妈身边。一到家，母亲就对我说："今晚你早点休息，昨天我们把不用的东西装包了，过几天就要搬家。"

哥哥已经准备了几十个编织袋，我和母亲把东西分门别类装进袋子，袋里放一张纸，上面写着妈妈冬天的衣服或夏天的衣服，厚被子和薄被子。哥哥和三弟的东西也如此写着。编织袋的外面，再用毛笔写上妈妈的、哥哥的、三弟的。

搬家的日子早选好了，只担心下雨搬不成。天遂人愿，那天阳光温煦，微风徐徐，橘子树缓缓地摇曳，似乎在和母亲招手。两吨半的货车只能开到离家四五十米的地方，东西必须担上车。没想到惜力如金的何老倌一家都来了，卖力地帮我们挑着最笨重的东西。八莲则不可抑制地泪流满面。

东西都装上了车，母亲仔细地检查各个房间，房里还留了不少家具给何老倌，都是平时母亲常用的东西，母亲脸上有了难舍难分的样子。也难怪啊。母亲对这个家有着万般情结啊，我挽着母亲走到坪里。母亲向四周看了看，颇踌躇了一会儿，念叨着，我不会再回来了。

母亲终于脸色平静，脚步笃定，让我挽着向车子走去。

当我和母亲刚坐进驾驶室，八莲出现在驾驶室门旁，脸上全是泪，那只坏眼睛眨巴着，半天一下，半天一下。她的头发有些凌乱，满是灰尘，鬓角已有了白发，在光照下一闪一闪。母亲温和地看着八莲说："八莲，再见，记得来我们家玩，上午来，吃中饭。"

车子跟跄颠簸着经过机耕道，开向了公路，半个小时左右就到了新家。

三弟使劲地搬着东西，哥哥说："先搬妈妈的，把妈妈的房间安顿好，妈妈好休息。"很快两张床摆好了，衣柜抬上来了，衣柜的穿衣镜被母亲抹得银子一般纯净。

母亲在藤椅上坐定，我挨过去讨好地说："妈妈，房子还要得不？"母亲冰冷冷地说："就是上楼有些烦，哪有庵子里方便。"我说："庵子里就是怕下雨，怕刮风。漏起雨来不得了，买东西也不太方便，妈妈只好慢慢习惯这里了。"

搬到新家，我陪母亲住了十七天。那些天，母亲自然不寂寞，我挽着母亲去菜场买菜，去商店。需要的东西，替母亲添置好。我一遍一遍地和母亲讲:"不要想我,过几个月我又回来的。没有妈妈,我是不会回来的,因此,妈妈一定要好好活着。"母亲答应了,等一下又说:"有你在的日子,过得特别快,又要走了。"

每次都是见时容易别时难啊。

妈妈在阳春街的日子

每年两次回湖南看望妈妈,这是我给自己定下的一个规矩。其时妈妈八十多了,就算她活到一百岁,我也只能再见她三十余次。见一次少一次。这减法做起来让人心生寒意。

每次到家的那个晚上,妈妈滔滔不绝有讲不完的话,恨不得一个晚上把几个月的话都讲完。

妈妈告诉我:"住到阳春街来不好过。刚搬来之初有你在,还不觉得。你一走,我好似丢了魂,无了依靠。在庵子里,我还能煮煮饭,炒炒菜,把菜煮得烂烂的也没人讲。

这般有点事做，日子就容易打发些。到了这里，好像不是自己的家，天天在做客。有时去厨房，也不好指点，心下是希望饭不能煮硬了，菜要煮烂些，为了图个和睦，就都不讲。你哥哥你三弟都依我，他们是我生的，我不能照着他们要求其他人。在庵子里好多事我都能做主，现在在这大家庭里，什么事都不宜多讲。生活是两重天了。"

母亲又说："人生不如意事十有八九，我体会得深，这些都是小事，我不能抱怨。能怪谁呢？归根结底只能怪自己老了，不中用了。"

我听着辛酸，便道："妈妈，到我那里去住吧，我会对您好的。"

母亲说："七十不留宿，八十不当餐，我都八十多了，若死到你那里，就把你给害了。"

母亲又说："我不是个不坚强的人。人老了，坚强不起来，有时被一口饭噎着，半天都出不了声。有时，我到厨房里讲一声，把黄瓜煮烂些，我想吃点黄瓜，但端到桌上的黄瓜，我仍是吃不动，心里满满的愁苦，只能咽进肚里。"

不知该说些什么来安慰母亲，我只坚持道："还是去我那里住。死到我那边也不要紧，就埋到那儿吧，和我做个伴。"

没想到这句话把母亲逗乐了，母亲笑着说："天涯何处不埋人，死到哪里都一样，我是无所谓的，死了的人又不晓得，害的还是活人。自己的女儿，我不能害她难做。"

心里虽有诸多苦衷，母亲从不在脸上暴露，仍是穿得精致得体，干净整齐，头发服贴滑顺。她从不让头发在头上散沙沙地飘起来，洗头后，总是抹一点点头油，这头油是我专心替母亲买的，牌子倒是忘记了，透明，有淡淡的香味，五块钱，小小一瓶。还有一种紫罗兰香粉，粉红色，散发紫罗兰的香味，好闻极了。母亲会倒一点点香粉在一块蓝色格子毛巾小手帕上，出门，一定会带上这块手帕。隔上一阵子母亲拿出手帕，先用没有粉的那一面把脸擦干净，再用有粉的那面扑扑脸，脸上就白净清爽了。母亲说："已经用习惯了，改不了啦。"

这习惯，母亲一直坚持到去世。

这紫罗兰香粉也自然是由我供应，一块两毛钱一包，一包母亲要用一年多。现在买不到了。

母亲越讲越来劲，眼睛光光的；而我坐了八个小时的汽车，有了不可抵御的疲倦，哈欠一个接一个。我连忙用手捂着嘴巴,不忍心扫了母亲讲话的兴致。

母亲接着说:"这屋有一个好地方,就是吃饭的客厅大;我看过别人家的都没我们的大。摆张大圆桌,一家四世同堂坐齐了都不嫌挤;窗子又大,差不多占了一面墙,很透风,很豁亮。从窗子朝外看,是农田,再望过去又是起起伏伏的小山,景色四时不同,晨昏不同,阴晴不同。我经常站在那里往窗外看,就像从前站在庵子里的大门前朝外面……"

我"啊""啊"了两声,睡眼漆黑一团,当头倒下。母亲终于意识到我坐了一天的车,累了,该睡觉了。于是说:"快睡,快睡,我们明天接着讲。"

手术

2002年下半年的某天,我接到母亲的电话,一听声音,就不对劲,一种极力压抑着的沮丧。我说:"妈妈,出什么事情了,快告诉我呀!"

母亲悠悠地说:"我的视力下降得厉害,对面看不清人的五官;吃饭,看不清桌上的菜;书,根本不能看了。成了个活死人,吃了睡,睡了坐,你看,这种日子怎么过啊。"

我说:"去医院看了吗?"

母亲说:"哥哥带我去了县医院,医生说,是白内障引起的,这么大年纪,动手术效果不一定好,不要花冤枉钱。医生都这么讲了,我们只能听医生的。我就要变成个瞎子了。"

我说:"妈妈莫急,只要是白内障就好办,白内障是个极简单的手术,县医院不肯做,就到南昌来做。省一级医院也许技术会好些。妈妈,这事不能拖了,也不要考虑了,您抓紧准备一下要带的衣物,我明天就去买票,后天就赶回家,然后把您带到南昌来动手术。"

母亲说:"真的去南昌,要是眼睛有救就好,要是没有救,真是劳民伤财。"

我说:"妈妈,如今什么都不要考虑,就一门心思准备来南昌。只要有百分之一的希望,就要尽百分之百的努力。死马也要当活马医呀,您就听我的安排吧!"

母亲听了我的一番话,似乎看到了希望,讲话也带劲点了，说："好。"

赶回老家见到母亲，一颗悬着的心才算落进肚里。母亲没有因眼睛看不见而烦躁不安或者喋喋不休。母亲仍静如处子，衣着整齐干净，头发伏贴，斯斯文文。只是到了吃饭时，非得别人给她搛菜，她看不到眼前的菜。至于洗脸、洗脚、梳头，这些事她坚持着自己做。最要命的是不能看书和电视了，这对母亲是个致命的打击，令她度日如年。

那晚和母亲并排躺在床上，母亲告诉我，上半年眼睛就有些看不清，满以为年纪大了，视力是会下降的，就别妄想和年轻人一样了，所以也没吭气。没想到降得那么快，快得要成瞎子了，真是不得了。

我说："妈妈，莫急，冥冥之中我总觉得妈妈不会成为一个瞎子，眼睛治得好。才看了个县医院，算不了什么。我想，明天我们就动身到南昌去。"

母亲说："你今天才回来，明天马上走，太辛苦了。在家住两天我就跟你去。也要和哥哥三弟商量一下。"

我说无须商量，难道哥哥三弟还不让你动手术不成。

母亲说："不是，不是，我是怕自己这一去就回不来了。难得团聚，大家在一起再多待两天。"

八十八岁的母亲，可以用风烛残年来形容了，但母亲不惧怕死亡。对生命她早就彻悟，可说视死如归。母亲常对我们说："人生如戏，死亡才是真正的归宿，活着是还在演戏。"

我对母亲说："到了南昌，南南（大女儿）是我的坚强后盾，她上班没有坐班制，无须请假，有时间带你去看眼睛。妈妈依赖我，有我在就胆子大些。我又依赖南南，有南南在身边，一切都好办。"

母亲重复着我的话，笑着说："我听你的，依赖你；你听南南的，依赖南南。一代接一代啊！"

到南昌只休息了一天，我和南南就带着母亲去了江西武警总医院眼科中心。专家告诉我们，是白内障引起的视力下降，可以动手术，但手术成功与否他们没有把握；另外因年纪大了，手术完要住一个星期的院。母亲一辈子没住过院，一听如此说，立刻不肯动手术了。

我们又到九四医院，九四医院和武警医院的话如出一辙。抱着不到黄河心不死的决心，我们又直奔博爱眼科中心。

博爱眼科中心最好的医生何娜娜为母亲做了仔仔细

的检查。检查完了,她坐在母亲对面,沉吟了一会儿,问:"老人家多大年纪了?"

母亲说:"八十八岁。"

何医生说:"八十八岁,还这么精致,老人家以前做什么工作的?"

我回答说:"妈妈从前教书。"

何医生说:"看得出是个有知识的老人家。"旋即话锋一转,对母亲说,"您的眼睛是白内障引起的失明,此外眼底黄斑很多,很严重。这就像机器一样,年岁久了,生锈了,在所难免。手术可以做,但不一定成功,即使成功,只怕也保不了多久。上个月,我们帮一个九十二岁的老人家做了。那老人家五世同堂,浩浩荡荡来了十几号人,说花多少钱都无所谓,只要能让老人家重见光明。做完手术愈后很好,看得见了;可是一个礼拜以后又来找我,说又看不见了。我说,没有办法了,就像机器一样,老化了,修不好了。我是怕您的情况同样如此,花了钱但管不了多久,不合算。其实有钱我们也想赚,但赚钱也要取之有道,不能害你们白花钱……"

何医生的话讲得非常清楚,我们也听得十分仔细。就是说，做手术没有什么意义了。

母亲脸色平静，连声说："谢谢，谢谢，我不做手术了。人老了，要接受现实。"

母亲真是炼成了一个金刚。

我连"谢谢"都讲不出了，无声的眼泪在脸上肆意流淌。失望像阴霾缠着我的心。

母亲感觉到我这副样子，说："你要跟我学，没有过不去的坎。世上那么多瞎子都过下来了，何况我这把年纪，能过的日子本来就有限了……"那声音轻得如同树叶间漏下来的一缕风，抚过我的脸。

我和南南默默地扶着母亲下楼。刚下到第三个阶梯，南南忽然说："我看到墙上的预约栏里称今天有北京的医生过来，我们不妨找他看看去。我去排队挂号，你们坐到候诊室等我。"

过了一阵，南南高兴地跑来了："外婆，挂到号了，我们去找北京医生看。"

北京医生是个四十多岁的男子，白净，眉目清秀，人很和气。检查了母亲的眼睛后说："赶紧手术，动了手术能好。"此时，我们只得把何医生的话告诉他。北京医生笑了笑,说:"江西医生要保守点。"

心里被喜悦堵得满满当当,我连声说:"一定手术,我们这就去预约。"眼前一切就像在做一个美丽的梦,那感觉真好。

国产人工晶体是三千五百元,进口的是五千五百元,我们毫不犹豫地定了进口的,当场就付了三千元押金。但手术要等到十九天后。

又带母亲做了各种必要的检查,上上下下好几次。这可是五楼啊,没有电梯。这一折腾,母亲已精疲力竭,等一切结束走向车旁时脚步已变得很缓慢,阳光照在苍老的脸上,为她镀了一层金光。

十九天,似乎太长,日子进入了倒计时。岁月绵长,母亲就像夕阳,正在缓缓落下,身子越来越瘦,脚步越来越慢,声音越来越轻。

在这等候的十九天,母亲总是从书架上拿出一本书,睁开灰蒙蒙的眼睛,使劲看封面上那几个大字,手在封面上来回摩挲;隔一阵,又抽出一本,重复着同样的动作。每当我看到母亲的这种举动,就被悲哀震撼了,眼泪冲眶而出。我拿了都市报回来,母亲也要看那些标题,有些标题对母亲有些诱惑，我就把内容念给她听。我要给母亲念书，母亲不肯，说我事情多，不要花那么多时间在她身上。

一日，我忽然听到母亲在轻轻地唱着什么，仔细一听，是在唱《四郎探母》。"我好比笼中鸟，有翅难展；我好比虎离山，受了孤单；我好比南来雁，失群飞散；我好比浅水龙，困在沙滩。……"听这几句戏词，我已知母亲心中有多么愁苦啊！

终于到了做手术那天。

手术室的空调打得很低，母亲感觉有些冷，便告诉护士，要我们将她带来的背心送进去。南南送背心时，看见母亲戴着手术室的帽子，安静地坐着。南南小声问了句："外婆，害怕吗？"母亲说："不怕。"

终于轮到母亲手术了。护士把我和南南叫到手术室门外，门打开了一点点，北京医生出现在门口，只露出一双温和的眼睛。他拿着病历对我们说："老人家年纪比较大，眼底黄斑比较多，也要做好手术不成功的准备……"说着递过手术单，上面有"若手术不成功，后果自负"的字样，让我们在上面签字。

我接过，毫不犹豫在上面签上自己的名字。

手术结束时，医生探出头来，对等候在外面的我们说："手术非常成功！"

母亲的眼睛用纱布盖着，我和女儿扶着母亲下了楼，坐上车子，直奔家中。

明天，明天将是个喜庆的日子。

第二天，我和母亲都早早就起来了。母亲说："今天就要去揭开纱布验光，何不现在我们就掀起纱布看看？"

我心里好生恐惧。如果此时母亲眼前仍是两眼漆黑，以后就没有任何希望可言了。

我面对母亲站着，手有些颤抖，心跳加快。轻轻地掀起纱布，屏住呼吸，说："妈妈，睁开眼睛。"

母亲将眼睛慢慢睁开，惊喜地说："看见了！你的眼睛鼻子我都看得清清楚楚！"

旋即随手拿张报纸，连报纸上的小字也能看清！

手术成功了，我激动得眼里涌出喜悦的泪花。四处打电话，给女儿，给哥哥、三弟报告喜讯。

在医院验光，母亲的视力达到了 0.8。一个礼拜后，母亲就开始看书。我叫她多休息，母亲就说："你这里好多书我都喜欢看，你让我带几本回去，我这会儿就少看点。"

我说：“那不是一句话的事。现在手术不久，妈妈您还是要注意休息眼睛。”

自我这样说，母亲收敛许多。书少看了，实在熬不住就看看电视。

看望妈妈

三弟一早跑来两次，问到底几点去妈妈墓地。

商量后，决定十点钟去。这时，太阳已经从云层钻出来了，大地一片明朗。

我和三弟坐在侄子的车上，一路上没人讲一句话。

车子开到一个路口不能再开了，侄子停了车，我飞快地从车上下来，直奔山上，我记得清楚，妈妈就住在那里。

现在农村都不烧柴，山上密密匝匝的树枝互相交错着，上山的小路已被它们覆盖。沟沟壑壑的山路时隐时现，我的心开始发痛，今生今世再也见不到妈妈了，这个念头在我内心反复不停地出现。

母亲墓地围挡起来了，墓碑做得很漂亮，坟用水泥糊了，没有杂草，威武而庄严。我趴在坟上，大放悲声，请求母亲晚上梦里相见。

在弟弟和侄子的劝慰下，我一步三回头地离开了母亲。走另一条小路，我要回去看看老屋。

曾经一走在这条通往老屋的小路上，立刻就有即将见到母亲的感觉。这条小路似乎是直通我内心的，不论我走到哪里，走得再远，有一条路始终从家出发牵着我的心。

还记得童年赤日炎炎的盛夏，我赤着脚无数次在这条路上奔跑。那滚烫的土地把我的脚烙得直发痛。但那时是快乐的，回家就能见到妈妈。

如今老屋已面目全非，它已经倒塌，像一个日薄西山的老人，又像一个被母亲遗弃的孤零零的孩子。

曾经用水泥抹得光滑的禾坪，被从菜园里爬过来的葛藤占满了，蒲扇大的叶片被烈日晒得发白，蜷曲，没有生机。

六棵高大的橘子树被人砍掉了，真不知为什么有如此狠心的人，对果树都不放过。

唉！一切都成为过去。现实原本如此，人生原本如此。

无可奈何。

唯有门前那棵大樟树,依然挺拔高昂,生机勃勃。树梢直冲蓝天,高处能看到四个喜鹊窝。

第二章 乡

如浮木,如草芥

文秀

一

离我家五里多的地方，有一个大屋场，住着上十户何姓人家。其中一户只有母子俩，儿子叫作松林。松林学了一门篾匠手艺，因父亲过世得早，拖到二十七八才结婚。这后生长着一张方方正正的脸，那眉毛，那眼睛，那鼻子嘴巴都有棱有角，有神采。他秉性善良温和，是方圆几十里数一数二的好篾匠、好后生。

松林堂客文秀是平江袁家洞深山里的姑娘，但这深山里就是飞出了一只凤凰——她长得漂亮，鸭蛋形的脸，白皙皮肤，嘴巴鼻子都长得那么得体，人又开朗热情。

这对夫妻在我们那块地方很让人看好，要是他们俩同时出现在一个地方，会吸引不少人羡慕的目光，人们小声议论着："看人家这一对，真是般配。"

那年，文秀怀孕四个月了。乡下人怀孕和没怀孕没有多少区别，照样做事，何况文秀是个勤快人，从不歇下来的。

一日，文秀看是个秋高气爽的好天气，天空飘浮着云朵，太阳不烈，在云层间时隐时现，这种天气最好做事。她拿了把柴刀，朝上山的小路走去，预备去砍柴。

山坳的柴都被砍光了，文秀边走边看，仰面巡视，看见山顶还有一片密集的灌木，没人砍过。她决定去那里砍。

文秀朝山顶爬去，一不留神，踩到了一块凸出的石头，脚下一个趔趄，身子一歪，人便跌倒了。周围都是砍过的灌木，没来得及抓住任何东西，就那样朝山下滚去。直滚了三四米远，脸正好撞在一个树桩上，树桩斜斜的剖面像一把锋利的尖刀，刺穿了她的腮帮。

文秀并没觉得痛，大概是麻木了，她用手一摸，满手是血，渐渐地感到血经过下巴流进脖子里，从口腔壁一口一口冒出来，又腥又咸。她就这样捂着脸，急急地跑回家。

松林娘立即请来了治跌打损伤的郎中，敷了草药。这时，文秀方感到了撕心裂肺的锐痛。她不能吃东西，不能讲话，口腔里似乎有千丝万缕的钢丝牵扯着，只要稍一动，就要带来一阵撕裂的痛楚。

文秀每天或坐或躺，吃饭时松林娘端来一碗米汤，文秀仰着头，家娘一勺一勺地喂进她嘴里，再让米汤慢慢流进喉咙。

松林每次做完手艺回来，要是碰着正在喂米汤，就要坐在她身边。嘴唇启动了好多次，也不知道用什么话来安慰文秀，只是爱怜地注视着，看着她困难地吞咽，强忍自己的泪水不让它流出来。松林的目光，对文秀而言，是能暖心止痛的。

一日，郎中来了，替文秀换了药，并说："还有五天，就有一个月了。如今伤口已结疤，再过五天，你自己把草药拿掉就是，我无须来了。拿掉了草药，洗脸时手轻点，疤痕还没长硬，还会有些痛，但已无大碍，放心。"

时间就像蜗牛一样爬行，好不容易熬过了五天，最撕裂最尖锐的痛已经缓解了，文秀只想看看自己的脸变成了什么模样。她坐在房里，心里十分忐忑不安，恐惧阵阵袭上心头。那日，她静静坐在窗前等着松林下工，看着窗外，看见那轮极大的像蛋黄一样的夕阳缓缓退去,几丝灿黄薄云轻烟似的绞在周边。终于,听到了从远而近有节奏的脚步声,是松林的脚步声,她要让松林帮她揭掉草药。

松林走进屋子,亲切地叫着她的名字。她弹了起来,拦腰抱住了松林:"松林,快帮我揭掉草药,我想照照镜子。"

松林顺从地把草药揭开。

当松林把草药揭开,那深情的眼光霎时一暗。他没有立即想到把镜子拿开。文秀走到桌边,对着镜子一照,顿时惊叫一声:"天啊,我变成一个鬼了。"

文秀心里好像浇了一桶点着的油,她死死拽着松林,哭啊,哭啊,哭得肝肠寸断,哭得昏天黑地。后来她松开手,突然坐在地上,撕扯着自己的头发,然后举起手来向自己的肚子打去。松林眼快,一把抓住她的手,把她拦腰抱在怀里,自己也被文秀的力量撞击得跌坐在地。

文秀的伤疤就像在一片洁静清亮的湖面,泼上一盆污脏的水,形成了一个漩涡。这漩涡深陷下去,拉扯着周边的皮肤,形成了皱巴巴的波纹,一条一条,杂乱无章;漩涡呈黑紫色,漩涡周边因草药的侵蚀,皮肤变黄了,使这半边受伤的脸,变得花里胡哨,残缺不全,像被人践踏过的树枝皮。

松林坐在地上，紧紧搂着文秀，说："文秀，不怕，不伤心。有死就好，要是那天你摔死了，我就没有你了，没有你肚里的毛毛了。"

文秀也许是哭累了，抽咽着说："松林，你会嫌弃我吗？我变得这么丑，会丢你的脸。你年轻轻的，长得体面，又有一门好手艺，谁都会喜欢你。"

松林说："要是我变心就让我遭雷劈，不得好死。"

文秀说："松林啊，你要变心，我不怪你，我现在这副样子，谁看了都恶心，看一眼饭都吃不下。"

松林说："少讲蠢话，我以后会更加心疼你。肚子里的毛毛，要是个妹俚真好，像你的眼睛，黑亮黑亮的。以后不准拿肚子里的毛毛出气。"

文秀说："不是她在我肚子里，我的手就不会捂着肚子，一定会捂着脸，就不会变成这个鬼样子了。"说着又抽泣起来，慢慢地由抽泣变成了呜咽，她实在没有力气哭了。松林说："老辈子人的话，是祸躲不掉，躲掉不是祸。这祸是你命中注定了的。有点子破相要么里紧，好好过日子，莫去想它。好吧？"松林随手捧起她的脸，靠在自己胸前，一脸伤痛无奈。他们就这样相依相偎地坐在地上。

夜深人静了，只有那不知疲倦的秋虫子在无止无休唧唧地叫着，文秀又一次在心里念叨着："是祸躲不掉，躲掉不是祸，这都是命中注定。"

松林趁着有片刻的安静，便拥着文秀上了床，说："睡吧，你也哭累了，我明天还要做事。"

松林温柔得像一个母亲哄着细伢子睡觉。

许是消耗太大，文秀很快睡着了。月亮升起来了，月光从窗口斜斜地照进来，照在薄薄的被子上，照在文秀的脸上。松林看着那半张脸，不由得泪水冲眶而出。他轻轻起身，来到桌边，从烟盒里拿出一根廉价的纸烟，慢慢地抽着，轻轻吐出一团烟雾，透过烟雾，眉间皱起一个清晰的八字。

二

往后的日子里，文秀不肯在堂屋一起吃饭，家娘和松林依着她，把饭菜端进房里。她整天闭口不开，低着头，怕别人看她，拒人于千里之外。

大屋场有很多男女来看她,她低着头说:"请你们不要来看我,看了会吃不下饭。"这些看她的人,有诚心疼惜她,想要给她一点劝慰的,也有个别居心叵测的人,嫉妒她的漂亮,有个女的走出门就说:"原来,我是这屋场最丑的人,现在还有比我更丑的。"这话被文秀听见了,又是一场大哭。

一日早晨,文秀好不容易开口,她对松林说:"我想回娘家,你陪我去。"松林试着说:"能不能明天去,今天正好这家人完工,我紧着做完,他们好打扫场地,堂屋都是废竹子、竹丝丝。"

文秀立刻变脸说:"我不过试探你一下,不要讲得那么好听,当起真来就打退堂鼓,还是怕和我走在一起吧。"

松林有口难辩,不敢惹她,连说:"不是这个意思,不是这个意思。我现在就跑去回个信,说今天不去做工,免得别人等我吃饭。"文秀听都不听,马上大哭不止。

等松林跑去和那家人讲好回来,文秀又怎么都不肯回娘家了,她说她自己根本没脸回娘家了,刚才是考验松林。松林哭笑不得,说:"下次不要考验我了,我是不会变心的。你看,搞得我今天冇做成事了。"

文秀粗暴地说:"是我害了你,是我害了你,好吧?"

第二天松林一早就去了那户人家,把最后一天的活儿做完。中午松林娘做好饭,端进房里,家娘就陪着文秀一起吃。

吃完饭,松林娘收好碗筷,走进文秀房里,对文秀说:"我去下商店买两斤盐来,刚发现家里冇盐了。"

松林娘一转身,文秀又想开了:"平时买东西都是要我去的,如今,连家娘都不让我出门,怕我丢他们的丑,咯样的日子还过么里,就是家娘要我去,我也冇脸出门呀。还不如……"

就像施了魔咒,从出事那天起,"死"这个字就没离开过她。她想:"死吧,总拖着做么里,越拖越下不了决心。"

于是她麻利地站起来,又麻利地走到后山上,一眼就看到了一蓬黄连。

黄连藤萝垂蔓纠缠在一株灌木上,它们蓬蓬勃勃,绿意葱茏,青翠的叶子,在风中悠悠摇曳,好似在向她招手。她三步并作两步地跨过去,伸手就折了一把藤条,绕成一卷;又飞快地回到家中,拿出一个罐子,把黄连煎好,倒在一个碗里。实在太烫,她就用两个碗倒来倒去,好让黄连汤快点凉下去,她等不及了。没多一会儿,文秀端起碗,一仰脖子,一碗黄连水喝个一干二净。然后她从罐里拿出黄连渣子,丢在一个很远的地方,把罐清洗了,走进房里,躺在床上,安安静静地等死。

那时农村还很少用农药,要寻短路的人,除了吊颈,就是吃黄连。黄连是种剧毒植物,山上都有,就像牵牛花的藤一样爬在别的树上,很随意就能弄到它。吃了,必死无疑,但肚子很痛,要痛五六个小时,直到肠子断了,人也就死了。

松林娘买盐回来,先往文秀房里瞄了瞄,看到文秀睡了,就做自己的事去了。

晚饭做好后,家娘走到文秀房门口,说:"文秀,睡醒了吗?又要吃晚饭了,我把饭端进来吧。"文秀叫了一句:"姆妈。"就再也说不出话了。她想:"从嫁给松林,松林的姆妈就像自己的亲娘一样待我,多好的娘啊,只怪自己有得福气。"

松林娘一听,怎么声音不同了,跨过门槛,冲到床边,扑在床上,只见文秀蜷缩着身子,捂着肚子,痛得青面獠牙,大汗淋漓。她大叫一声:"儿啊,你怎么这样蠢,破点相就想不通。你熬着，我要救你。"

松林娘疯了样，每家每户去找桐油，桐油灌下去就可以把黄连水呕出来。那时谁家里都没留着桐油，她又哭着回来，这时床前挤满了人，男男女女，大家都唉声叹气，一筹莫展。有人已把松林喊回来了。

这时走来一个老人，看上去八十多岁，是何家大屋最受尊敬的长者何叔公。他体形高大，可瘦削得厉害，一身骨架子撑着晃晃荡荡的衣服，双脚也不十分稳健。他拄着棍子，拨开人群，径直走向床前，揭开文秀的眼皮看了看，连说道："有救，还有救。"

大家跟着他来到堂屋，有人说："有救是有救，要灌桐油，让她把黄连水呕出来，就有救了。可是哪里都搞不到桐油呀，到商店买太远，只怕也买不到。"

何叔公说："有得别的办法，只有灌大粪，这样能救她。"何叔公把眼睛转向了松林。

只见松林眼睛一亮，说："只要能救人，大粪就大粪，怕么里，我去舀来。"

松林立马去茅坑舀了一勺大粪来，何叔公仔细拨弄着，要把里面的蛆夹出来。

何叔公又叫人拿来两条板凳并拢，拿来粗绳子，叫人把文秀抬出来。文秀不知道他们要干什么，痛得奄奄一息的她，大声哀求着："就让我死在床上吧，不要把我抬出去。"对着抬她的人拳打脚踢，拼尽全力挣扎，但也无济于事。此刻，她已觉得她的命运身不由己，恍恍惚惚如堕入一个凄惨的梦境，大家都默不作声，连疼爱自己的男人，也不和她讲一句话，无视她的愿望，自顾自地做着一切。

将文秀抬上凳子，真正费了一番功夫，人到了拼命的地步，哪怕是个女人，也有不可估量的力气。

文秀的手和脚都被绑到凳子上了，何叔公又叫人死死按住她的脑袋，不能让她有丝毫动弹。

文秀大汗淋漓，仰面躺在凳子上，面如死灰。大家默不作声，声音就像闷鼓一样在心中撞击。松林战战兢兢端着一碗大粪走到文秀面前，眼泪和汗水糊了一脸。

这时文秀已明白是怎么一回事了，她竭尽全力地哀叫道："求你们了啦，我宁愿死，也不要吃屎，我快断气了，吃了屎也救不了我，让我干干净净地死吧。"

趁文秀张嘴时，何叔公让一个后生将一双筷子塞进文秀的嘴巴里，松林立马将装有粪便的调羹塞进文秀嘴里，由于手抖得厉害，粪便大部分流在嘴巴外面，能喂进嘴的很少。何叔公说："松林，不怕，这是救文秀的唯一办法，狠下心来再喂几口，我保证文秀能救活来。"松林受到了鼓励，狠着心连灌了几口。

此刻的文秀，倒显得安静了，反正要死了，随他们去吧，即使是把她碎尸万段也无所谓了，她的意识化作一缕轻烟，飞向窗外，飘得老远老远。过了一阵，只见文秀的肚子一拱，何叔公说："赶快解开绳子，抱起来，文秀要呕了。"

解开绳子，松林一把将文秀抱在怀里，文秀开始大呕特呕，先呕出一堆黄色的黏稠物，后来呕出清水，到最后什么都呕不出来了，只是不断干呕。

何叔公说："没事了，肚里东西呕干净了。"

文秀得救了。松林把她紧紧地抱在怀里，像是抱一束被割倒被践踏的谷穗。

何叔公又要松林娘打来热水，替文秀擦洗干净，换上干净的衣服。

天色慢慢暗下来了，大家才感到饥肠辘辘，陆续离去。

松林一家三口，像刚从一场噩梦中醒来，还有余悸。夜深了，凉意袭来，松林抱着文秀移到床上，让文秀躺在自己怀里。文秀浑身软软的像没有骨头,只能听到她均匀的呼吸声,这声音对松林和松林母亲是一种莫大的慰藉。松林一根接一根抽着自己卷的纸烟,秋夜悠长,烟灰雪粒般在床边散落一地,直到窗户发白。

这一下子捡回了两条生命,松林形影不离地陪着文秀,怕文秀又做出傻事。他知道文秀的脾气,看起来温顺,其实骨子里比牯牛还犟。

一日,松林对文秀说:"一个人的命,我觉得是注定了的。就像你吧,就凭何叔公一句话得救了,要是何叔公那天没有在家,那你不就成了一个冤魂。既然命不该死,你就要想活着的事。我们这里有个袁老师,他家划了地主,他实在经不住那些斗争,决定一死了之。他去上吊,吊在自己的屋后山上,偏偏被打柴的细伢子碰见,得救了;他还是要死,把三盒火柴的磷全部刮下来吃了,这磷吃进肚子,就像肚里着了火,烧得他实在受不了,只求速死,就向河里跑去,想淹死算了,谁知,喝了几口水之后,肚里的火扑灭了,河里的水浅,也淹不死他。屡死不成,他又只好活了下来,如今都八十多了。三个崽女都有工作,晚年很幸福,真是大难不死,必有后福,你千万不要再做傻事了，你要好好地帮我把肚子里的宝宝生出来。"

一家三口又恢复了宁静，文秀似乎比以前更勤快了，做起事来，总要天黑了才回家，夜色让她舒坦，避免了很多尴尬。

三

一日，天色已经黑了，文秀背起一背篓猪草往回去，走着走着，忽然觉得有个亮光一闪，又不见了。这亮光不是看见的，是感觉到的，仔细盯视反而不见。她觉得好生奇怪，就闪到一棵树后面想看个究竟，眼睛朝那个光点的方向搜索。

果然光点再次出现了，闪烁不定的光点里出现两个人，走在前面的是自己的丈夫——松林，后面跟着的是村里的年轻寡妇新花。这新花三十来岁，确有几分姿色，对看上的男人喜欢暗送秋波。村里的堂客们都不喜欢她，担心自己的男人会被勾引。

此刻新花的模样就像一个娇美的妹子。文秀血往头涌，但告诫自己要忍一忍，她继续闪在树后，看着他们到底要做么里。光点终于经过树往前走了。文秀看清了，见新花打着手电筒，替松林殷勤照路，电筒光时隐时现，一闪一闪，松林急急地走着，新花紧紧地跟着。文秀立马背起猪草，隔段距离也跟在他们后面。

松林哪里都没去，径直地回家了。新花也跟着进了屋，文秀有意在坪里待了一阵子，放好猪草，走进堂屋。一跨过门槛便和新花打了个照面，四目相对，新花从椅子上站起来，热情地说："文秀，去搞么里来？咯晚才回家。"

文秀不望她，丢过一句话："你也晓得咯晚了，咯晚了到我家里来搞么里？"新花答："要请松林去我家做两天手艺，编箩筐和撮箕。"文秀说："怎么早点不来，等天黑了才来？"

新花说："早来了会不到松林呀，他一个白天不是都在外面做活么。不晓得他哪天有空，讲好了日子，我好准备竹子和茶饭呀。"文秀说："亏你讲得出口，怕会不到松林。会不到松林可以和我讲呀，未必非要会到松林不可。我家松林不是那种人，你就别费心机了。谁家的事都可以做，唯有你的事他不能去做，怕带坏样。"

新花一听这话，觉得文秀太过分了，生气地说："文秀，你今天不把话说清楚，我是不会走的。带坏了样，我做了么里坏事，引得你咯样说？"

文秀说："你这人真好笑，做了么里坏事，你自己心里最清白，倒要我讲出来。讲出来了，只怕你的脸冇得地方搁。"两个人声音一个比一个大起来，都握紧了拳头，气势汹汹。松林母亲看到这气势，怕打起来把事情闹大，连忙从自己房里走出来，推着新花："快回去，天不早了，莫讲了，你们也真是，屎不臭，挑起臭，不要自找麻烦。"

新花就这样半推半让地走出堂屋，打着手电筒走了。她从没听过文秀吵架，想不到文秀讲起话来像刀子。

文秀似乎还没消气，擎着煤油灯走进房里，松林躺在床上，也不吭声。文秀的气又上来了，走到床前，推了把松林，说："我和新花讲的话，你听到了吗？差点要打起来了。你倒好，躲到房里睡觉，不管我。你是不是喜欢上了新寡妇，嫌起我丑来？"松林疲倦地说："文秀，莫吵了，我累了，你也累了，睡吧。我讲过几百遍，不会嫌你丑。你不丑，只是破了点相，要么里紧啊。今晚，新花是要到家里来请我做事，在路上碰到了，非要拿手电筒送我，我又不敢推她，怕她赖在我身上，有口都讲不清，只好让她跟着。我不喜欢新花这种女人，男人才死几天，就这么快活，冇得一点情义，所以我才躲到房里来。"

文秀听了松林一席话，心里宽慰了，用那双深情的眼睛怔怔地看着松林。松林的脸是那么受看。她又本能地摸着自己的左边脸，凹凸不平，疤痕累累。文秀抽泣起来："松林，我是配不上你，我太丑了，死又死不了，真难啊。"松林说："文秀，你要再讲蠢话，我就不理你了，我就真正生气了。"松林的这一招，倒是蛮管用的，文秀说："我不讲了，我不讲了就是。"

第二天是中秋节。松林一早起来，对文秀说："今天我不去做手艺，在家好好过个中秋节，等会儿，我来杀只大鸡婆炖上一锅，你多吃些，补补身子。过不了多久就要生毛毛了，是该补补了，生起来有劲。"

松林杀好了鸡，拔好了毛，交给母亲，正转身时，被母亲喊住了。母亲说："去中药铺，配几味中药来和鸡一起煮，你要讲清是怀了毛毛的人吃的。"松林听了，就去叫文秀："文秀，我们去中药铺买点中药来和鸡一起炖，更补身子，我们一起去吧。"

文秀心里好喜欢，觉得姆妈和松林还是和原来一样喜欢她，疼惜她。便在房里应着："好啊，我梳好头就来。"破相后，文秀难得照一次镜子，今天要去药店，总得把头发梳得光溜些。她走到桌前，看到镜子里的那张脸，顿时，怨恨涌向心头。长长睫毛下面深藏的哀怨，越见深邃复杂，她看着松林，悠悠地说："松林，我不能去，我这样子见不得人，会被人当妖怪看，白白惹人取笑，我受不了。"松林看着文秀那可怜模样，实在心痛，连忙牵起文秀的手，心一急，太阳穴上的青筋显露出来了，心想："我再不耐烦，也要把重复了几百遍的话再重复一遍。""文秀，别人不会把你当成妖怪看，方圆几十里谁都晓得你长得好看，只是现在有边脸破了点相，其他的，眼睛、鼻子、嘴巴，还有一边脸都非常好看，你不用担心别人怎么讲你，讲你的人，都不是好人，心思不好。长到八十八，莫笑别人跛脚瞎。取笑你的人，会遭报应的。"又说，"文秀，不想买药算了，我们不去买药，不放药的鸡还更好吃，冇得药味，更鲜。"

　　松林一席话，讲得文秀泪水如小泉般地涌出来。

四

文秀本来还有半个月才到生产期。大概是因为总生气，毛毛提早了半个月就来到人世，她一离开母亲的身体，就哇哇大哭，好像是谁虐待了她。

文秀生的这个细妹子，一眼就能看出真个是文秀的翻版。松林喜欢得手舞足蹈，一个完小毕业生所掌握的美好词汇，一股脑出现在他脑海里：好看，漂亮，美丽，可爱……就用"美丽"当这毛毛的名字吧。松林坐在床边，看着文秀说："文秀，我替小家伙起了个好听的名字，我们不叫什么英呀，花呀，莲呀，我们就叫她美丽，在家叫美丽，上学加个姓，叫何美丽，好吧？"

只见文秀眼睛一亮，说："好，这个名字取得好。"她望着细妹子的脸，瞬间眼光暗淡下来，一会儿又张着失神的眼睛茫然地看着另一个地方。她觉得这细妹子的美丽都是建筑在她的痛苦之上，当初若没有这毛毛，也不致绊倒那一跤吧？绊倒了，若不是为了护住这毛毛，也不致死命地抱住肚子，让树桩戳破了面颊吧？这么想，心中便有了丝丝恨意升起。

美丽的问世，给家庭带来了生气，尤其是松林和松林母亲，看着这好看的小人儿，逗着她，会情不自禁地笑出声来，而文秀总是站得远远的。

时间就是过得快，一转身美丽上小学了。她从小没在娘怀里撒过娇，每次走近母亲，文秀都会立刻把她搡开。见到别人的妈妈对小孩心肝宝贝肉地疼爱个不歇，美丽经常羡慕得发呆。她还害怕文秀看她的眼神。她也见到过娭毑和爹爹在姆妈面前低眉顺眼，讲话都很小心。

美丽悄悄问过娭毑："我是姆妈亲生的还是捡来的？"

娭毑说："美丽，你是你姆妈亲生的。你看到你姆妈的左脸吗？那是你还在她肚子里的时候，她去砍柴，从山上滚下来，一边滚一边死命地抱着肚子，怕伤了你。结果脸让树桩戳穿了，流了好多血，差点死掉了。可能看到你，她就记起了伤心事，莫怪她啊。"

美丽听过这件事后，越加听话了，总是帮着姆妈做很多事，放牛，打猪草，割牛草，挖土，样样都做。

一日中午，太阳晒得人要死，文秀说："美丽，快到菜园里折些豆角回来，中午要吃。"美丽答应一声好，走进堂屋从墙上取下一个旧得发黑的草帽，正往头上戴，文秀看见了，骂道："折几根豆角还要戴草帽，怕晒黑了。小小年纪就这么爱美，长大了还怎么得了。"总不敢回嘴的美丽，走到坪里，才小声嘀咕一句："好晒人，我要戴。"文秀正在搓麻绳，面前用一个木盆装了水浸着苎麻，她抓起盆里一束苎麻对着美丽抽去，骂道："你还敢顶嘴！一点年纪，就敢顶撞当娘的，还得了？"浸过水的苎麻一鞭下去，愣是把美丽的薄褂子抽烂了，皮肤纹起一道红棱。

美丽是越来越怕文秀了，尽量避开她，也不敢正面看她，怕惹姆妈生气。一日，美丽和几个细伢子在山上扒柴，扒满一担后，几个细伢子疯玩起来，大家笑成一团。没料到这笑声被文秀听到了，美丽回来后，被文秀按在床上，用吹火筒狠狠地抽打了几下，理由是女娃子怎么可以这样疯疯张张。美丽这屁股就变成了紫茄子，走路痛，坐下更痛。

美丽小学快毕业了，在上学期间，美丽仍要很早起来放牛，打猪草，割牛草，从不闲下来。到了五年级最后一个学期，只差两个月就毕业了，可是美丽的学费还没有交。班主任袁老师是一个年轻男老师，不但书教得好，对人也十分和气，只是成分不好。袁老师去美丽家家访，想询问一下学费的事。

正是傍晚时分，何家大屋好多人都在坪里收东西，正好文秀也在收豆子。袁老师和文秀寒暄了几句后便说："何美丽这个学期的学费还没交，请你们什么时候把钱让她带来一下。"

这下不得了，惹恼了文秀。文秀说："你个地主家的孝子贤孙，到如今还有改造好，现在不是旧社会，不兴上门逼债。我们美丽的学费有钱都不交，是你要她去读书的，既是你们要她去读书的，学费我就不会交了。"

一席话，把个袁老师羞得脸都红到脖子，二话没说，落荒而逃。

美丽觉得再有脸面见这么好的老师了。直躲到床上哭，哭得上气不接下气的，晚饭都有吃，松林怎么劝都不行，说替她交学费也不行。还有两个月就小学毕业了，她硬是没有再去学校，因为无脸见老师。

五

时间过得快，一转眼，美丽从一个小女孩长成了大姑娘。天生的好皮肤，安详诚实的眼神，心地温和又善良，一个像野花一样纯真的大姑娘。何家大屋的人都喜欢她。

这些年来美丽一直过得很压抑。她无法解除母亲的心结，只是拼命地做事，想讨好母亲，得到宽恕。娭毑去世后，爹爹在外做手艺的时间多，常常就是她和母亲在家里，美丽不敢开口，怕惹文秀生气，两人都沉默着。每天家里都阒静无声毫无生气，而文秀呢，凄败之色在脸上尽情铺开。美丽宁愿一个人在外做事，也不愿回家待在母亲身边。

文秀是越发地勤俭肯做了，曾经喂两头猪，现在喂六头；田里功夫只要能做的，她都去做，从不让松林放下手艺回家做功夫；松林做手艺回到家里，文秀打好洗脸水洗脚水端给松林，泡好茶送到手里。松林其实心疼文秀，不想她如此伺候自己，但他又不敢讲，怕文秀误会他不喜欢她，偶尔说说话，都是小心翼翼的。而文秀同样也是小心翼翼地伺候着松林，怕被他拒绝。夫妻从不吵架相骂，日子过得十分安宁，但也过于平静和压抑，压抑得让人喘不过气来。

美丽常常到山里的一条小河边割猪草。何家大屋十几户人家，大大小小有四五十头猪，周边的猪草便渐渐都割光了，美丽只好走远些。她每天挑一担背篓，当山里树木的丫丫杈杈还垂着湿湿的露水,她已经翻过一个山坡,横跨一条山路,再穿过一蓬一蓬枝繁叶茂的凤尾竹,来到小河边。凤尾竹纤细修长,在初升的阳光里闪闪发亮;河面还不到两丈宽,河水清明如镜,温柔如绸;河边潮湿的泥土里长满竹节草、小瓮草、野芹菜等,都是猪喜欢吃的。自发现这个新大陆,美丽每次都来,不费很多力气,总是满载而归。

一日,美丽照常挑着背篓一早出门,在河边她看准一片青草稠密的地方,放下背篓,拿出镰刀,弯下腰来专心致志地割起来,动作准确而娴熟,看上去就像走路那样轻松自如。她把割好的草整整齐齐一堆一堆码好,这过程几乎连腰都没伸一下,心无旁骛。

这时美丽听到一个声音。

"这么专心,天都要下雨了,还不准备回去?"一个男子的声音。

美丽惊讶地回过头来,看到一张招人喜欢的年轻面孔正笑嘻嘻地朝向她。美丽一愣,继而羞涩地说:"不行啊,我不割满一担,六头猪不够吃呢。"

"我来帮你吧。"男子还是笑嘻嘻的,他的笑容让美丽松弛下来，她说："你也是来打猪草的？这猪草可是我发现的，没你的份哦。"

年轻男子笑意更深了，温和地说："我不打猪草，看到快要下雨了，我叫你回家的。"

他继续说："我每天赶鸭子来，总是看到你一个人在这里割猪草，几次想来帮忙，又有些不好意思。今天是见着要下大雨了，怕你淋到雨，才来和你打招呼的。"

美丽红了脸，为了掩饰自己的慌张，把眼睛转向河面，"那群鸭子，是你家的呀？怕有四五十只吧。"

那青年说："五十五只。"说着便一弯腰拿着背篓去装猪草，正好装满一担，他麻利地拿过扁担，挑着背篓就走，嘴里说："雨就要来了，赶快走，我送你一段路。"

那青年大步流星地走着，美丽在后面小跑着，走了一程，美丽去抢扁担："你赶快回去吧，真下雨了。"

那青年说："你住哪儿，往哪里走？"

美丽把坡下的何家大屋指给那青年看。

那青年说："我叫李春生，李家湾的。"

从此河边的吸引力对美丽来说超过了一切。天才黑又盼着天明，天明了，她就能去河边割猪草，就能看到春生。

一离开家她就像一支离弦的箭,急急地射向河边。春生从不让她落空,从那日以后每天都在河边等她。

十八岁的美丽情窦初开了。

一日,春生说:"我有事跟你讲,又怕讲,怕你不答应。"

美丽说:"讲都冇讲,就怕我不答应;你不妨讲出来听听,看是么里事。"

其实她已经知道他要说什么了。

春生搓着手,看着美丽说:"美丽,我好喜欢你,不晓得你愿不愿意跟我结婚?"

美丽飞红着一张脸,轻轻地说:"我也好喜欢你,第一次看到你就喜欢上你了……"

春生说:"我会一辈子对你好。以后我不要你做好苦的事,重事情都让我做,我有的是力气。从第一次看见你,我的心里就只有你,我在心里暗暗发誓,非你不娶……"春生的脸上焕发着一片热诚动人的光辉。

美丽说:"我也是,好喜欢好喜欢你,我也非你不嫁。我们以后在一起努力,不吵架,不相骂,恩恩爱爱……"美丽觉得讲出这四个字来,好羞人,连忙低了头。春生说:

"美丽你冇讲错，一辈子，我们都恩恩爱爱……"

他们就这样私订了终身，两人都感到了从未有过的幸福快乐。很快，猪草割满了，美丽说："我不能耽误了，我要赶紧回去。"春生照例把美丽送到山坡上，才恋恋不舍地离开。那晚美丽彻夜未眠。

感情使美丽片刻都不得安宁，她神魂颠倒，常常不知道早晚，早晨出门的时间更早了，回来的时候又推迟了。这引起了文秀的怀疑。

一日，美丽很晚到家，满心的幸福洋溢在脸上还未退去，一走进门，文秀迎面给了她一巴掌，吼道："你到外面搞么里来？碰到了么里喜事，走进了屋，还笑嘻嘻的，你怕我冇看见？！"美丽这才意识到自己没有装出一副苦瓜脸回来，惹下祸端，顿时僵直地站在那里。

文秀说："你不要有么里事瞒着人，在外面做无廉耻的事，以为我不晓得。"美丽听了文秀的话，吓出了一身冷汗，她低着头走进自己房里。那晚，美丽又是一个不眠之夜，想了一个晚上，她终于下定决心要和春生好下去，要和他结婚。

每日，只要文秀一不留神，美丽便挑着背篓躲着文秀早早地溜走了，躲藏越来越娴熟，文秀一次都没抓到过。

但这天，美丽远远地便看到春生在河边低着个头，无精打采的。美丽心里一紧，出了么里事，使他这副样子？她赶忙跑过去，背篓在她肩上晃晃荡荡，还没走到春生面前，美丽便喊道："春生，出了么里事？"

春生两眼流露出慌张和痛苦，"你母亲昨天下午到了我家里，你晓不晓得？"他口气中全是绝望。美丽说："昨天我在山上砍了一下午的柴，不晓得。"

"你母亲对我爹娘说：她是绝不会让你嫁给我的。如果我再和你来往，她就要放把火烧掉我们的屋。我爹娘好害怕，才做一年的屋，一定不想烧掉……"

美丽浑身颤抖起来："真有想到姆妈是真恨我，我使她破了相，她要报复我，让我有好日子过。想不到她这么毒，还是自己的亲娘。"她绝望地哭了起来。

他们仍然割满了一担猪草，春生挑着，美丽默默地跟在后面。到了山坡上，春生把猪草放下，忘情地抓着美丽的手，生怕失去她。美丽又泪如泉涌："春生，回去吧，我不能再耽误，回去迟了要挨打……"

那天，美丽不知自己是怎么走回家的，跨进大门，和文秀四目相对，她第一次没有叫姆妈。她连忙低下头，只觉得母亲是如此狰狞丑陋，就像一个魔鬼。她打了个寒战，走进自己房里。

美丽再也不去河边割猪草了，她怕她姆妈把春生家的房子烧掉。思念与惦记折磨着她，煎熬着她。她再没有叫过姆妈一声，每天沉默地做着自己的事，一个月时间，美丽就消瘦得像失去了水分的花朵。

一年后文秀做主，要美丽嫁给老五，就是那个被我们家的来富吓得掉到田里的老五。

美丽没有吵，没有闹，没有反对，因为她怕姆妈寻死觅活的，更怕她烧掉春生家的房子，她只好认命。

陈家冲人家

离我们家两里多路，有个叫陈家冲的屋场，住着三兄弟，和我家长期有来往。只是那条路不太好走，走过屋背后一段山坡路之后就都是田间小路，原来很宽的田间路，由于分田到户,各人往各人田里挖,挖得路都没有尺把宽了,一不小心,就要踩到田里。

母亲上街若想抄近路,也必须经过陈家冲门口,大家都很熟。自路不大好走后,母亲就少抄这条近道了。陈家冲的老大陈友良,长着一张谦和憨朴的脸,见了人总是笑嘻嘻的。但可惜一脸大麻子,麻点有黄豆大。友良的眼睛很黑很大,就像嵌在沙砾里的两颗黑珠子。

我每次回家探母,为抄近路,要经过陈家冲屋场,十有八九能碰到陈友良站在禾坪里。我叫声友良大哥,他就笑嘻嘻地走过来,送我回家。再走过二十来米,就是友良大哥弟弟家,弟媳二宝听到了声音,也赶紧出来和我打招呼,我也热情地邀她去我家里坐。

在路上我问友良大哥:"我每次回家,怎么总是能碰到你?老麻烦你送我,蛮不好意思的。"友良大哥说:"你么里时候回来,我早就晓得。下雨天,我会和堂客去你家看电视,你姆妈就会告诉我,你大概么里时候回来。还说,要是有时间,让我送送你。所以到了那几天,我下午三点钟就站在屋门口或坪里。"

我道:"难怪每次都碰到你,耽误了你好多时间,真是对不住。这条路越来越窄，真不好走，再过几年，只怕会没有路了。"友良大哥说："各人往各人田里挖，把自己的田加宽，路就不要了。"

友良大哥的弟媳二宝，四十三四岁，冇生个细伢子，长得好胖。乡下人不大穿胸罩，两只口袋大的大乳房撑得衣服满满当当，夏天若穿洗得稀薄的浅色衣服，深灰色的乳头便清楚可见。她的屁股翘起来硕大无朋，走起路来颤颤悠悠。这架势，苦坏了跟在她后面走路的人，想笑又不能笑。

二宝生龙活虎，粗声大气，见人就熟，圆圆的脸形，浓眉大眼，厚厚的嘴唇，笑起来嘴巴张得好大好大，纯洁得还带点稚气，是个顶可爱的人。二宝的男人，陈友华，长得高高挑挑，只是有只眼睛是斜视。他言语不多，是个老实农民。二宝友华夫妻非常恩爱。

一日，二宝来我家，同来的还有个陌生老太太，对母亲介绍说："这是李家冲的李嫔驰。"

李嫔驰和农村里的老嫔驰有些不同——她单瘦，头发梳得溜光，额头上露出沟壑般的皱纹。一身衣服干净得体，包过的长长尖尖的脚，穿一双自做的布鞋，看上去十分合脚，讲话时细细声声，幽幽的带点凄凉。初次见面，李娭毑便跟母亲谈得投机，似乎找到了倾诉对象。她说她命苦，娘家是个大地主，夫家也是有钱人，解放后，划了地主，遭了多少罪。她男人不到五十岁就死了。丢下她，老不老，少不少，改嫁也难改，带着三个崽过着悲悲切切的日子。因为成分高，害得三个崽都讨不到堂客，大崽今年都四十七岁了。说着说着，李娭毑的许多心酸、许多委屈一齐涌上心头，忍不住就流下了眼泪。

这时二宝凑过来说："李娭毑是真作孽，三个崽冇一个讨了堂客，别人家这么大年纪，早就儿孙满堂，怪不得李娭毑心里不好受。如今，只好学我的样，信菩萨，求神拜佛，求菩萨开恩，保佑自己的崽能讨到堂客。我呢，求神拜佛，求菩萨保佑我生个细伢子，是男是女都不要紧，我男人对我很好，不生个细伢子对他不起。"

母亲说："二宝，我看你不像个冇细伢子生的人，带你男人去医院检查一下就晓得了，看是谁的问题。"

二宝一听，大笑不止，笑得椅子只在个抖，连说："我男人冇问题，我男人冇问题。"

那天李娭毑和二宝在我家吃的中饭。饭后二宝才谈起正事。她脸色从未有过的严肃，开口就说："今日，我要求两位嫔妯帮个忙。我要去道洲神庙里偷一个观音菩萨放在家里供着，我不是舍不得钱买，只是听别人说，偷来的菩萨更显灵。我想生个细伢子都想疯了，观音菩萨是救苦救难的，供在家里，我天天敬着她，总有一天她会显灵，保佑我生个细伢子。"

母亲说："你打算怎样去偷？庙里有和尚守着。"二宝说："我们三个人拿好香烛，去敬菩萨，和尚会走开的；等和尚走开了，我把那个观音菩萨藏在衣服下面，你们两个走前面，我挨着你们走，和尚根本不会发现。"

母亲说："看见了，怎么得了。"

二宝说："放心放心，万无一失，那和尚很老，眼睛又不好，根本就发现不了。"

母亲的好奇心难以抑制，很高兴地跟着去了。到了庙里，三个人点好香烛，匍匐在菩萨前面，双手合十，叩着头，二宝边叩头边喃喃地讲着什么。母亲根本没有看到二宝是怎样把菩萨藏进衣服里的，只听见二宝说："天不早了，我们该回去了。"

三个人从蒲团上爬起来，母亲见二宝的脸红扑扑的，眼睛放着亮光，惶恐中有隐秘的兴奋。母亲一脸的诧异与疑惑，难道二宝已偷到菩萨？母亲和李娭毑并肩走着，二宝在后紧挨，亦步亦趋，三人就这么战战兢兢地从庙里走出来。

经过禾坪，就是一条窄窄的下坡路，高低不平。二宝对四周一看，对李娭毑说："把布袋拿出来吧。"

只见李娭毑麻利地从腰上解下一个灰不溜秋的带锁口的长窄布袋，双手撑开；二宝又本能地朝四周一望，落日余晖中连个人影都冇有，二宝便从上衣的下摆里抽出一个一尺多长的观音菩萨，菩萨全身金光闪闪，站在一朵莲花上，左手执柳条，面带笑容的脸十分慈祥。二宝连忙锁好口袋。此时，三个人才长长地舒了口气，一件旷世之事才算尘埃落定。

自此，二宝在家里虔诚地敬着观音菩萨，还到处求神拜佛，这样又过了一年，她的肚子除了赘肉外，好像没有太多的变化。母亲看在眼里，急在心里，一个不相信科学的人，拿她冇一点办法。

一日，二宝喜滋滋地来了，神神秘秘地牵着母亲的手径直走进睡房，坐定后，二宝说："杨娭毑，你摸摸我的肚子看，好像比以前更大了，只怕是有了。"边说边撩起衣服，硬要母亲去摸。

母亲触到了二宝的肚皮，就像摸到了一块软缎子，手感极好，但里面是不是有个娃娃就难说了。母亲说："我还真摸不出来，你么里时候那东西冇来，总该记得吧。"

二宝答："杨娭毑，我还真不记得，好像有蛮久冇来了。"

母亲说："二宝你是真糊涂还是假糊涂，这顶顶要紧的事你也记不得。不过要弄清楚也不难，你到医院去化验一下，花不了几个钱，一下就晓得了。"

二宝说："脱裤子的事我不做，我怕丑。"表情淳朴无邪，母亲大笑起来："你呀，你呀，么里都不懂，只晓得敬菩萨。只要留点尿就可以，要不我陪你去？"

二宝说："不去不去。要是真有了呢，再过两个月，肯定能看得出来。等二十几年都能等，几个月还不能等。"

母亲说："你这个人啊，真有点讲不通，只能随你便！"

不久一天，二宝和李娭毑相约去敬菩萨，二宝的男人友华望着二宝出门，似乎看到了一线希望。四十好几的男人，真想有一个自己的亲生骨肉。

友华安静地坐在一把靠背木椅上，随手从旁边的小桌子上拿过一张早已裁好的小纸板，再从口袋里拿出一个锈迹斑斑的小铁盒，里面是满满一盒烟丝。这是他自家种的烟，把烟叶晒干后，切成细细的烟丝，这土烟劲道足。他用纸板卷的烟卷很精致，点火的那头带喇叭形，而吸的那头细细的，吸时需用拇指和食指捻掉一点，才好吸。友华从桌上拿起火柴，划燃，点着了烟，深深吸了一口，鼻孔里立即就有烟雾冒出来，在他面前形成一串一串的小圈圈，越升越高，在他的上空袅袅腾腾。

抽完了那根烟，友华开始卷裤脚。裤管卷得老高，直到大腿，因为他今天要犁两亩田。他站起来，脱掉鞋，光脚走到屋外的屋檐下，伸手从墙上取下牛鞭子，又将靠墙的犁头扛在肩上。所有这一切，友华都是慢悠悠完成的，他是个慢性子，连讲话都是慢慢的。他走向牛栏，从牛栏里牵出一头黄色牯牛。这头公牛是三兄弟的公共财产，养得膘肥体壮，温驯而卖力。作田人少不了牛，全家人都视这头牛为宝贝。

友华牵着牛，走进田里；友华站定了，牛也站定了。

友华从肩上取下犁头摆好，再拿着牛扁担，往牛脖子上套。

事情就在这一瞬间发生了，只见这公牛用长长的牛角朝友华一挑，友华"哎呀"只叫得一声，牛角正挑中友华的肚子，友华就这样挂在牛角上，双脚拖在田里，血流如注，把田里的水都染红了。

那天哥哥友良和弟弟友林在比较远的地方做事，等他们回来发现了这一幕，为时已晚，友华已经断气，眼睛睁得像铜铃，龇牙咧嘴。那痛苦不堪的样子，谁都不敢多看一眼。那头牛呢，大概也搞不清发生了什么事，呆呆地站在田里，一步都不挪动。兄弟俩壮着胆子，一个使劲把友华从牛角上抱下来，一个使劲牵走牛。

我们那里的迷信，死在外面的人，是不能进屋的，友华的尸体就放在屋外的门板上。

等二宝看到自己的男人，直挺挺地躺在门板上，死了，她大叫一声，晕倒在地。好不容易把她弄醒，她边哭边捶打自己，撕心裂肺，几经晕厥；当她再次醒来，连哭的力气都没有了，只能哀哀地无声地低号着，抽泣着。

那头牛呢，谁也不敢挨近它。有人说牛疯了，一头自己的牛是不会斗自己的人的，除非疯了。后来请了个杀牛的人来杀它，当牛看到屠夫拿把刀向它走来，它一点也不反抗，而是不停地流眼泪，好作孽的样子。

死了丈夫的人，一年之内是不能去别人家里的，母亲记挂二宝，自己去陈家冲看她。

见到二宝时，母亲吃惊不小。友华过世尚不到一年时间，二宝圆胖的脸变得只有一层皮绷在骨骼上，上面没有一块好颜色，土灰土灰，像挂着一层黄锈。身子也像漏了气的气球干瘪下来，胸脯像一条平坦的路面。二宝两眼无神，不多讲话，更不笑，那座偷来的观音菩萨被冷落一边，蒙了一层灰。

友华过世满一年了，二宝来到我家，母亲非常高兴，拥着她走进火房。那天火房烧了炉子，很暖和，母亲将她按到椅子上坐定，就准备去泡茶。

二宝一把抓住母亲的手不让她走："杨娭馳，我有事和你讲。我这几个月，下身不得干净，有好多东西流出来，带血，有气味，这是得了么里病？"

母亲说："这是妇科病，就是女人的病，非要去看医生不可。你不要再拖了，看你这样子，由一个胖子变成了一把壳壳，看得人心痛。"

二宝说:"看这病只怕要脱裤子。"

母亲说:"女医生看,大家都一样,有么里不好意思。要不我陪你去。"

二宝不愿麻烦母亲,让自己嫂子陪着去了县城看病。

又有好久没见到二宝了,母亲有些不放心,不知道看病的结果怎样。那日特地又去陈家冲,方知二宝去看了病,宫颈癌晚期,医生跟她嫂子说,即使住院也没救了,何必浪费钱,不如回家,她有什么要求,你们尽量满足她,反正时日不多了。

二宝的嫂子把这些告诉母亲听,此时二宝已卧床不起,听到讲话声,睁开眼睛,看到母亲,硕大的眼泪从眼角汩汩地流出来。她没有太多力气讲话,声音已如枯柴从当中折断了,<u>丝丝缕缕全是裂纹,轻得如同一缕风</u>。母亲使劲听着,也没听出个名堂来。

二宝的嫂子,友良的堂客,一个十分瘦小的女人,跑前跑后,照顾二宝的饮食起居,但房里还是有很重的腥臭味,母亲强忍着,坐了好一阵才回家。

几天后,有消息传来,二宝死了。母亲很是难过,连忙买了鞭炮、香和黄表纸,前去悼念,母亲念叨着:"老天没长眼,又死了一个好人。"

李娭毑

二宝偷观音菩萨那日带来的李娭毑,后来和母亲有一些走动。从一开始母亲就和她聊得投机,母亲说李娭毑读过书,懂得的道理也多,不是一般的乡里老婆婆。

李娭毑有三个崽,个个娶不到堂客。原因之一自然是地主阶级成分,原因之二呢,这三个崽都长得矮小丑陋,论文呢,没读过多少书,拿不起笔杆子,要武呢,又不是种田的好把式,生活上,充其量只能维持温饱。乡下人讲实惠,嫁汉嫁汉,穿衣吃饭。成分不好,人长得丑,家里又穷,自然是没有人愿意上门提亲的。

李娭毑为三个儿子的婚事愁了许多年,后来大崽终于结婚了,找的堂客是个二婚,带了个十岁的细妹子过来。大儿媳块头很大,有人背后损她,李婆婆的媳妇只有嫁给头公牛才合适。母亲说:"说这话的人真缺德。"

李婆婆从不谈她大儿媳，也不知道她喜不喜欢儿媳妇。

李家的三崽，模样好一点，心肠也好，看到队上有一个女的——平梅，男人非常懒，常年在外打牌，不作田，这平梅独自带着两个细伢子，苦不堪言，李老三就常常去帮她做事。一来二去，这感情之事就自然生起来了，两相情愿，非常融洽。平梅呢，也懂得经常去帮李娭毑洗被子、蚊帐之类的重东西，李娭毑喜欢她，有点好菜都叫平梅去吃，对他们两个人的事情，看在眼里，喜在心里，也盼着平梅早点离婚。

李老三是个老实坨子，每次见到平梅，眼睛扑闪扑闪，又满是惊惧，目光像猫一样亮，沧桑的脸泛着笑意，双手搓着衣角，不知往哪里放。每次也都只会问一句现话："平梅你真的会离婚，离了婚会嫁给我？"

平梅每次都答应，会离婚，会嫁给他。可是，在一次去县城赶集时，平梅被汽车撞死了，还因为是本人的责任，没有赔到钱，就得了一点安葬费。丢下两个孤苦伶仃的细伢子，还有痴痴盼望了一场的李家老三。

娶回大儿媳那年的冬天，李家整天都吵吵闹闹。开始是关着门吵，后来全村都知道他们家的事了。李娭毑呢，最后也就死在这件事上。

事情是这样：李娭毑的大崽结了婚，但到了冬天，李娭毑还是要她大崽给她暖脚，说她怕冷，没大崽暖脚，就睡不着。大崽也听话，母亲怎么说他就怎么做。

这大儿媳虽长得五大三粗，但还懂得几分道理，不想家丑外扬，更不想离婚，总是背地里劝男人，不要跟母亲睡做一床。

一日晚上，他男人正准备到李娭毑房里去，他堂客一把拖住他，说："这是我最后一次劝你，你再听不进去，我也拿你有办法。你是四十好几的大男人了，脑壳要想事，你母亲要你替她热脚，你就跟她热脚，你这不是孝顺她，这是伤天害理见不得人的事。你都是结了婚的人，不跟堂客睡觉，要跟做娘的睡觉，只怕全世界都冇这事。要热脚还不容易，买两个汤婆子来，晚上早早地上好开水，放在你娘被窝里，一头一个，还怕不热乎。"

她男人说："我每年冬天都要和我娘睡，帮她热脚，我不能因了你就改变以前的习惯。帮她热脚有么里关系。"

她堂客说："那你是不打算改，夜里要跟母亲睡，那好，我们只好离婚，成全你做个孝顺好崽。我真搞不懂，你都打定主意要和母亲睡觉，又怎么来和我结婚，你这不是害我吗？"

老大什么都不说，仍然走进母亲房里，替母亲热脚去了。

这堂客虽不想离婚，但实在忍受不了自己男人这种做法，她越想越气，一发狠一咬牙，便决定离婚。她仔细想了想，离婚不是她的错，她要把这事跟村上人挑挑明。

吃过早饭，她先到队长家里，对队长说："你们村里出了个怪人，只怕连你队长都不晓得。请队长开个证明，我要离婚。"

队长说："大嫂子么里了不起的事哦，这就要离婚，才结婚几个月。"

大嫂子说："队长，我还真有点讲不出口，事情是这样的，如今天气冷了，我男人就不和我睡一床，要和他母亲睡，要替母亲热脚，队长，你听说过这种事吗？我劝过我男人好多次，这样做要不得，去买两个汤婆子，晚上上好开水，放到你母亲床上，一头一个，要几热乎有几热乎，他母亲不要汤婆子，就是要我男人跟她睡，我男人老实，听她母亲的摆布，我有得办法只好离婚。"

大嫂子一早出去，傍晚才回家，所有的队干部家她都去过了，逢人便诉苦，于是这件事在一天中传得沸沸扬扬，家喻户晓。再加上别人的添油加醋，整个事情更丑陋了，更神乎其神，不堪入耳了。有些人抱着一种幸灾乐祸的心情去李娱驰家，看看李娱驰到底是何许人物，能把个崽管得如此服帖。一时间李娱驰的屋场前总有三三两两的人在那里窃窃私语，认识的不认识的，眼睛不时地往屋里瞟。

李娱驰一生中经历过许多羞愧难当的事，但这次的羞愧使她无地自容。男人死后，她的生活十分孤寂，大崽孝顺，他们娘儿俩习惯了每个冬天都这样过。她心里觉得对不起大崽，无论如何不该要老实巴交的大崽冬天陪她睡，帮她暖脚；他还要在人世间活着，要面对众人口舌。至于她自己，她觉得只有一死了，用死来惩罚自己。

一日早晨，李娱驰吊死在挂红薯藤的棚子里，她死的样子非常难看，也非常可怜，头发蓬乱，衣衫不整，血红的舌头长长地伸在外面。当她的大崽发现母亲吊死了，把她放在地上，抱着母亲的一双脚呜呜咽咽地哭。好多人看到一个大男人这种哭法，也情不自禁地流出了眼泪。

李娱驰的死没挽回儿子的婚姻，媳妇坚决离了婚，她不想再待在这村里，背负一个逼死婆婆的罪名。

定坤叔

一

母亲是个闲不住的人，没事都要找事做。她和哥哥商量，要去买一窝小鸡养，长大了，一家人吃鸡蛋就解决了。正巧，那晚本村的定坤叔来了，母亲便向定坤叔打听买鸡的事。定坤叔说："我正好有一窝小鸡才孵出来四天，我连母鸡一起卖给你。"母亲高兴极了，说小鸡有母鸡带就很好养，也不怕老鹰。

定坤叔六十来岁，是个大跛子，一双脚长短相差很大，走起路来一边屁股翘得老高，一蹦一蹦，十分吃力。原来是不跛的，是因修水库被石头轧断的。连三岁的细伢子都叫他定坤跛子，还有说他站着金鸡独立，坐着猴子啃梨，躺着长短不齐。只有我们家叫他定坤叔。

这定坤叔读过书，知书达理。他记性好，讲起话来也文绉绉的，显得自己有学问，像"富贵不能淫，贫贱不能移，威武不能屈；无羞耻之心，非人也；东西不害人，害人还是人……"一套一套的。

"文化大革命"时，哥哥被打成"黑帮分子"，跑到江西来找我。不久，平反了，便又回了湖南。湖南家里的房子，只剩下残垣断壁，突兀的墙壁上沟壑纵横，像百岁老人的脸，门窗和门板都被人撬走了。没有立足之地，是定坤叔把哥哥接去和他一起住了一段时间。

定坤叔的被头油腻得闪闪发亮，光滑无比，还有人的气味，包括小便的气味。这样的被窝让哥哥彻夜难眠，尽管如此，哥哥仍感到有股暖流通向全身。

定坤叔在屋檐下砌了个泥巴灶，一只小锅，既煮饭，又炒菜，还要烧开水，烧出来的开水有一股油腥味，锅盖像涂了一层黑漆。椽子下吊着檐尘，墨黑墨黑，长长短短，一串一串，风一吹，摇摇摆摆像无声的风铃。哥哥看着心惊胆战的，只怕烧菜时掉到锅里。

定坤叔把卖鸡蛋的钱买了一斤肉，还买了豆腐，煎了鸡蛋，硬是要哥哥坐着不动。哥哥坐在那里，望着顶着花白头发一蹦一蹦的定坤叔，真是百感交集。吃饭前，定坤叔很客气地对哥哥说：杨老师，净面（饭前先洗脸）。哥哥走到放在泥砖上的脸盆旁，只见脸盆里的水灰灰稠稠的，手都能抓得起。心想：这水不知洗了多久，伸手去拿毛巾，这毛巾就像泥鳅，抓在手里滑溜溜的，哥哥一阵恶心，装模作样地洗了脸。心想，门口就有井，用多少水都不花钱，怎么就舍不得多用点水呢。这定坤叔也真是个怪人。

吃饭时，定坤叔说："杨老师，你们现在落难了，玉石虽焚，毕竟身怀晶莹，不要看村里有些人好神气，总归是瓦片虽全，终乃糟泥之骨。"哥哥说："定坤叔真是过奖了。"

二

定坤叔的第二个崽，大名建华。大家都叫他金箍子。他脑子灵活，略懂电器，成了村里管电的人，安个电表，接个电线，有一笔现金收入，因而成了小康之家。堂客庆梅能干又节省，生了两个崽，大毛、二毛，锦上添花。

可是这庆梅对定坤叔不好，让他另提炉罐单独过，但事又要他做，除了要种菜，还要照顾两个孩子。庆梅每月只给他够吃的谷子，厉害到了家。

定坤叔卖给母亲的小鸡，是十五只小鸡和一只母鸡，全是黄色，像十五只黄色绒球。晚上母亲用一个箩筐装着，箩筐里垫了厚厚的稻草，小鸡就钻在母鸡羽翼下，睡得暖和。春天的早晨，母亲把箩筐端到禾坪里，侧着，小鸡崽便从母亲的羽翼下一个个钻出来，扇动着如蝴蝶般的翅膀。母亲用剁碎的菜叶和碾碎的米粒拌在一个旧脸盆里喂它们。母亲就在旁边看着。当小鸡长得能辨别公母的时候，居然发现一只是公鸡，其他十四只全是母鸡。母亲惊喜不已："真是天遂人愿，知道我要母鸡下蛋，顺了我的心。"

长大了的鸡，被关在一个木做的鸡笼里，公鸡身上的毛变成了深黄色，尾巴上还掺和着几根墨绿的羽毛，全身油亮闪光，紫红色带锯齿形的鸡冠高高顶在头上，像戴着一个皇冠，黄色且又长又粗的双脚，走起路来大摇大摆。因没其他公鸡和他争风吃醋，它独霸群芳，神气得很。

每天早晨，母亲拌好一盆鸡食，然后打开鸡笼门，鸡们出来时要经过堂屋，母亲拿个扫把催着它们快走，不能有半刻停留，怕把屎拉在堂屋里。

鸡们到了禾坪里，看到了鸡食，饿了一晚的鸡，个个饿形饿相，不顾斯文，飞奔到鸡食旁，唯有那公鸡忍受着饥饿，绅士般地站在旁边，女士优先。母鸡吃饱后慢慢离去，公鸡才慢条斯理地啄脸盆四周被母鸡散落一地的食。下屋邻居的上十只鸡也一清早就跑到我们坪里来找食吃，我们的公鸡一旦发现，就毫不犹豫地敞开翅膀飞奔过去啄它们。那群鸡吓得惊慌失措，咯咯地叫着四处乱蹿，一会儿又跑过来，公鸡又追过去，这样三番五次，那群鸡再也不敢来了。

母亲对公鸡大加赞赏，戏称公鸡是皇帝和将军，有时对着公鸡说："陛下，带着你的皇后妃子去吃山珍海味，吃了就去遨游列国，不要待在朝廷。"母亲是要鸡们吃了食就到两旁的山上或田里去，免得把屎拉在坪里。有时母亲又会说："将军带着你的大小老婆吃了山珍海味，去征战沙场，打个胜战回来。"

母鸡长大了，在找下蛋的地方，公鸡带着它们这里跺一跺，那里跺一跺，都觉得不太合适，母亲把码在屋檐下的劈柴，从中抽掉几块，安顿了几个地方，里面垫上稻草，终于有一天听到了咯咯哒、咯咯哒几只母鸡的叫声。母亲激动的脸上泛着红光，在那几个劈柴洞里捡，一下捡到六个鸡蛋，上面还有血丝，母亲说："生第一个蛋都会有血丝，把屁眼生破了。"

幸福看不见，也摸不着，但当我看到母亲从劈柴里、从灶角落里、从柴房里、从松针上捡起鸡蛋，抱在怀里，走进房间，再放进她专门放鸡蛋的篮子里，篮子里的鸡蛋越来越多，此刻洋溢在母亲脸上的幸福，我看见了，也感觉到了。

定坤叔住的屋前有一口大塘，有一米多深，塘沿有一棵水桶般粗的大枫树。这枫树主枝被砍断了，它的枝杈便横向发展，蓬蓬勃勃，树杈上巴掌大的叶片遮住了半个塘，一到秋天，蓝天下枫树翠绿的叶子，一夜之间，呼呼地红成一片，忘情了一般，酒醉了一般。

定坤叔的两个孙子，大毛憨厚、善良，结实得像头小牛，二毛偏瘦调皮，点子多，六岁多和四岁多的兄弟俩并不友好，经常打架，脸上时常有一道道的抓痕。庆梅看到这些抓痕，谁也不怪，专指着定坤叔的鼻子数落："一大把年纪的人，连两个小孩都看管不住，白吃了几十年饭，养头猪还能多卖几个钱，真是养了一个空头人。"定坤叔听了这些，虽然十分伤心，但也无奈，只好装作没听到。

定坤叔长得并不难看，黑滋滋的圆脸庞，五官端正，推一个平头，他是那种身上很瘦、脸胖的人。脸总是显得胖胖的，显得和气。为了对付这两个小家伙，在他们面前只好装凶悍。定坤叔也会带着孙子来我家玩，母亲从没看到兄弟俩打架，总是安安静静地在坪里，挖蚯蚓，捉蝴蝶，抓蜻蜓，母亲很喜欢。母亲总是夸奖："定坤叔，你这两个孙子，长得好，是像模像样的男子汉。"定坤叔难得听到别人夸奖他的孙子，凶悍的脸上绽开了笑容，好像一个善良的胖大婶。

三

记得是1992年，打完禾以后，建华有了足够的钱，准备把房子做到交通方便的地方去。一日，建华在镇政府附近离初小学很近的地方，选好了做屋的地盘，一百三十多平方米，准备做个两层楼房。

傍晚时分，火烧云已经退去，天空留下一片湛蓝。建华满心喜悦地回到家里，跨过门槛就喊："大毛，二毛，爹爹要做新屋了，我们很快就有新房子住了！"家里出奇地安静，没听到大毛二毛的吵闹声。他走进灶屋，庆梅正在炒菜，便对庆梅说："我找到了做屋的地盘，做屋的材料也看好了，过几天就可以动工了，先请人挖基脚。真正要做屋了，好高兴哦。"他对四周一看说，"大毛二毛还冇回来。"庆梅说："我也不晓得这两个家伙到哪里耍去了，一下午都冇看到人，你去问问老鬼（即定坤叔），他总该晓得吧。"

建华走进定坤叔的房间，房里很暗也很脏，连个人影都没有。他跨出门槛，走到坪里，大声喊道："大毛，二毛，快回家吃饭啊，快回家吃饭，天都黑下来了，还不回来，耍疯了。"这时，定坤叔慌慌张张地从外面一蹦一蹦地跑回来说："建华，你看到了大毛二毛吗？不晓得耍到哪里去了，天都黑了，还冇回来，急死人啊，我到处找，就是不见人。"庆梅炒好菜，左等右等，还不见人回来吃饭，也走到坪里，天真的黑下了，连个人影都没有，心里急得就像热锅上的蚂蚁。

下午，定坤叔一手牵着大毛，一手牵着二毛，一起去菜园里拔草。太阳实在是毒，他看到大毛二毛晒得通红的脸很心痛，就对大毛二毛说："你们回家耍去吧，这太阳会把你们的细皮嫩肉晒痛的。"定坤叔牵着他们一直送进屋，带上门，只是没有上锁。尽管兄弟俩贪玩，也从来没有这么晚回来过。

一种不祥的预感袭上心头。

定坤叔的跛脚抖个不停，快要站不住了，他靠在一棵苦楝子树上，用颤抖的声音对建华说："下塘去摸摸吧，莫不是掉到塘里面去了。"

建华在夜幕中望着黑漆漆的塘水，十分安静清冷，他脱掉鞋子，像探险似的悄悄走进塘里，心莫名其妙地扑扑乱跳，悠悠的目光在水面四处寻觅，一只青蛙一跃而起又落入水里，吓得他一激灵，脚站在水里总踩不到底，只觉得在水底缓缓地飘动。他脸色变得铁青，肥厚的嘴唇兀自抖着，他怕摸啊，身子一阵颤抖。

定坤叔催促道："你快摸啊，要是刚掉下去，还有救。"建华才开始摸，他摸呀摸，摸到枫树底下，在枫树底下，便发现了一个倒扣的禾桶在水面纹丝不动。他突然想起，这是打完禾之后，自己将禾桶浸泡在塘里，想洗干净，来年好用，当时是靠塘边放的，怎么会到这里来了，他害怕地全身抖个不停，牙齿咯咯地响。他用尽全身力气，战战兢兢地将禾桶翻过来，呈现在面前的是紧闭双眼的大毛和二毛。他一阵眩晕，硬撑着，抱起一个送上塘沿，又返身抱起第二个送上塘沿，大毛二毛的身子都是软软的。他自己也爬上来，摊在地上。这时已有邻居把大毛二毛抱到禾坪中央，喊来了医生，做人工呼吸，又把兄弟俩轮流横放在牛背上，吃进肚子里的水，随着肚子的压迫吐了出来，可是任何抢救方式都是徒劳，没了回天之力。

野风呜咽，宛如鬼哭神泣，月光下的禾坪，显得格外肃穆空旷，人们围在大毛二毛身边，深更半夜了，都不愿离去，月光惨淡，满地的小草沾着露水。

四

定坤叔每每碰到庆梅，庆梅就凶神恶煞地骂："你这个老不死的东西，还有脸活在这世上，不是你，我的崽不会死，我恨不得杀了你抵命。"

孙子死后第七天的一个下午，定坤叔来了我家，胖胖的脸似乎被人抽了脂，腮帮深陷，形影憔悴，眼睛也深陷下去，原本一头灰白头发已经全白了。虽然情绪渐渐和平下来，但看得出精神差不多崩溃了。大毛二毛死后，一个死字就缠绕着他不放，在脑海里旋转往复。那日下午，他坐在我们堂屋，呆呆的，若有所思，半天都没讲话，母亲递上泡好的茶："定坤叔，定坤叔喝茶。"他才如梦初醒，回过神来。

母亲说："又在想大毛二毛。"只见定坤叔咬紧牙关抽咽着，脸上滚着成串的泪珠，不时用袖口拭拭。母亲说："定坤叔，你要想开啊，碰到这种事，也是有得办法，即使自己死了，也救不了他们啊。田四死时，我是下决心要死的，没死成又熬过来了。这又不能怪你，要是知道他们会到禾桶里玩，就不会把禾桶放近塘边，一切都注定了。田四死后，我还替他算了命，我把八字报给算命的。算命先生对我说，你这个嫂姆要不得，人都走了，还要我算，已经没八字算了。我听了算命先生的话，真是惭愧，觉得有意侮辱了他。我说：'先生，实在对不起哦，我是想儿想得没办法啊，总觉得儿是不该死的，十五岁啊，一个多好的儿子，不但长相好，还十分会读书，他死了，我差点寻了死。'算命先生说：'你儿注定是个短命鬼，他十年前就该死了，是你的善举，让你的崽多陪你过了十年。你不要再伤心了，他已经投胎了，早忘记了你这个娘，你寿还很长呢，寻死也死不了。再不要做蠢事。'"

母亲心想："田四那次生病，抽筋差一点死掉，正是四岁多的时候，也许人的寿命真是冥冥之中早就注定了的。"母亲说："定坤叔，我们哪天去平江找算命先生，看看大毛二毛是不是注定只有几年的寿命，还真不如不来投胎呢。"

定坤叔说："东西不害人，害人还是人，要是不把禾桶放在塘里，大毛二毛也不会跳到禾桶里去玩，一下送了两条命。"后来母亲也没多劝定坤叔，越劝越伤心，这种事只好用时间来慢慢冲淡。

过了三四天，建华到我们家来了，问定坤叔到我们家来了没有，母亲告诉他："是三天前的下午来的，后来再没来过。"

定坤叔就这样走了，建华也没把他当回事。直到三年以后，他良心发现，觉得应该去寻找父亲。他到了好多县城，到了好多庙里，还到了浏阳，也贴了很多寻人启事，都没有找到。

十几年过去了，定坤叔生不见人，死不见尸，不知道他在一个什么地方呢。

消失的货郎

秀莲是从平江深山里用一担谷换来的。她的养父母姓李，住得离我家不远。养父中等个子，长得单瘦，除了种田外，农闲时他会挑着一副货郎担，摇着一面小鼓，在方圆几十里的各个屋场做点小生意。

一副不大的篾篓，盖子仰放，从钉被子的粗针到绣花针都陈列上面。除了黑白棉线还有各色绣花线。一串串的顶针在筐里闪着辉光。夹头发的有黑夹子、花夹子，式样颇多。一卷用来系辫子的红绿橡皮筋很是醒目。还有一些小孩玩具、口哨、糖粒子、饼干。盖底下的篾篓里装了几条便宜纸烟和一坛子便宜白酒，真的是男女老幼面面都想到了。

他的东西不贵又很适用，口碑极好。年年农闲挑货郎担卖货，不但人们熟悉了他，连狗都不对他吠叫，摇着尾巴表示欢迎。

货郎鼓咚咚、咚咚的声音每到一个屋场，老李放下担子，便有人拿来椅子让他坐，还会泡上豆子芝麻茶。午饭时间若有人留他吃饭，他便倒上两杯白酒，和男主人对饮，会抽烟的，他就送上一包烟，或者女主人需要的东西他不收钱。

虽然赚钱不多，生活上比那些天天在田里劳作的人要活泛些。

老李妻子五官周正，不高不矮不胖不瘦，是个勤快人，养猪，养鸡，养鸭，鸡鸭下的蛋几乎都换成了钱。只可惜膝下无儿无女，是夫妻俩的一块心病。

长吁短叹后两人再三商量，决定收养一个女儿。女儿疼父母，长大了有了女婿，一郎当半子，家里就热闹了。

秀莲来时有六岁多，俗话说深山里出凤凰，秀莲就是深山里的一只凤凰。长得白净，黑黑的眉毛，大大的眼睛，个头也比同龄人高些。老李夫妻俩把秀莲视为己出，捧在手心怕化，含在嘴里怕融。第二年就报名让秀莲上学。大家都看在眼里，说秀莲碰到这样的人家真是她的福气。

乡下的孩子没见过水果，连苹果、香蕉都没看过，幸亏山里总是会有些野果子用来饱饱口福。酸米子最好吃，它比蓝莓小一点，果实成熟了，通红通红，滋味酸酸甜甜。树又矮，很快就能摘一口袋。还有吊米凡子，满身带刺的糖罐子，泡里长红了也很好吃。

一日放学回家，走在那条两边都是灌木的黄泥巴路上，有个同学说："现在酸米子该红了，我们一路看看，找不找得到红酸米子。"于是兵分两路，几个看右边，几个看左边，个个眼睛睁得老大，电筒一般射向树丛中。

一会儿便听到秀莲叫："那里有一棵树，结好多！"她第一个朝那棵树跑去，因为是她发现的。

当秀莲一脚踩在那树旁时，只听到她哎哟一声便倒在地上抱着个头。从她的周边飞出好多土蜂，一个个黑里带一丁点黄，一只只有无名指那么粗。我们几个吓得魂飞魄散，个个抱着头趴在地上，土蜂就在头顶飞来飞去，一片嗡嗡嗡声，十分吓人。我们一动都不敢动，生怕被土蜂发现。

秀莲从树根处滚到了路中间，但她周边仍有不离不弃的土蜂，围着她飞，蜇她的头部。谁也不敢爬起来走近秀莲，一旦过去自己就会成为土蜂的目标。

天暗下来了，太阳已无影无踪，土蜂迟迟疑疑地飞走了，飞进它们的蜂巢里。这时有个同学慢慢爬起来，跑去将秀莲养父叫来了。

被养父背在背上的秀莲已不省人事，她的脑袋和脸就像吹气球一般，迅速肿成斗桶（乡下一种量谷子的量器）大了。

我们几个一路跟着到了秀莲家，秀莲养母一见，大叫一声："我的儿啊，这怎么得了！"

为了看病敷药方便，秀莲被放在堂屋的一块门板上。养父赶快去请郎中。郎中很快就来了，是个六十多岁的老中医。他说："我只能开些中药试试，再搞些草药敷，我也没别的办法，我还从来没见过被蜂子蜇得这么厉害的，能好不能好还真不晓得。"

老李慌忙地去医院按方拣药。妻子把弄来的草药捶烂敷在秀莲脸上。可是煎好的中药汤水，因秀莲的嘴巴肿得严丝合缝，即使用干净布条蘸着药水也无法浸进嘴里。

夫妻俩日夜守着，茶饭不思。养母嘴里不停地念着："救苦救难的观世音菩萨，救救我女儿，救救秀莲，救苦救难的观世音菩萨……"念啊，念啊，不停地念。

救苦救难的观世音菩萨也没有回天之力，到了第七天再在秀莲鼻孔前试试，原来还气若游丝，这时连那点游丝也断了。

秀莲就这样走了，一个如花似玉的小人儿只几天时间就没了。她和养父母才相处一年，这一年里她给他们带来了多少快乐和希望。此刻一切都不复存在，烟消云散了。

秀莲走了，老李夫妻俩似乎遭了雷袭，没了精气神，很少出门。老李再没做生意了，村里人再听不到货郎鼓的声音。

后来，夫妻俩不到六十岁就双双辞世了。

老四

母亲从湖北回到湖南时，家里的橘子树已相当大了，菜园里四棵，禾坪靠路边一棵，因没请人及时整枝，随它疯长，菜园里的树杈伸到围墙外面，坪里的那棵遮住了半边路。橘子开花时，满坪满屋都是香味，经风一吹，浓香阵阵，如芝兰，如醇酒，直钻鼻孔；秋天橘子结了，在树杈上重重叠叠簇拥着，把树杈压到地面上，橘子也就软软地躺在地上。这些鲜绿色的橘子在阳光的沐浴下，似乎是从土里冒出来的。

当橘子有了鸡蛋那样大时，我们家会有老老小小来串门，都是醉翁之意不在酒，只是想要些橘子。母亲总是说："只要你们不怕酸，就去摘，酸掉了牙齿别怪我啊。"

保田老倌带着两个孙子来了，他本来就是我家的常客，自己拿把椅子坐在堂屋里，两个孩子就在坪里玩。进门都是客，母亲得放下手里的事，为他们泡上豆子芝麻姜茶，否则，就说你这人不贤惠。母亲那天正为自己做一件贴身的内衣。做衣服时，母亲最怕别人打搅，便对保田老倌说："保田老倌，今天帮我个忙，我想把这件衣服做好，做了几天了，自己烧茶吃吧，豆子、芝麻、姜都在茶橱上。"保田老倌走进厨房，把炉火盖子揭开，一会儿水就开了，他在茶柜上摆好三个陶瓷茶杯，放好茶叶，冲上开水，再放豆子、芝麻，拿过姜沙钵，磨了几下姜。把茶杯里的茶倒在姜沙钵里，然后再倒回来，三杯茶，折腾了三次，娴熟麻利，然后一手拿一杯递给两个孙子。

母亲抬起头来，正看到保田老倌用指头将自己碗里的豆子、芝麻扒进那两个孙子的碗里。母亲叹了口气说："保田老倌，你只管自己吃点豆子、芝麻，嚼嚼也香的，家里没有什么零食可吃，不就靠这些豆子，饱饱口福。你也真是的，一杯茶都不舍得吃，可怜，再去泡过一碗。"

保田老倌又给自己泡了一杯茶，拿把椅子坐在母亲身边，说："杨娭姆，自从四伢子死了，我觉得自己真是个罪人，是我害死了他，连自己的崽都害，我还是个人吗？他才二十三岁啊，几兄弟只有四崽长得好。"母亲说："我觉得你的几个崽都可以，不偷不抢，不赌不嫖，都是好人。老四死都死了，有什么办法呢，活着的人还是要活下去啊。要是你也死了，雨姑娘又怎么办了，雨姑娘还靠你支撑这个家呢。"

雨姑娘是保田老倌的堂客，是个平江姑娘，一张满月盘的脸，皮肤白净，五官也不错，中等个子，在娘家，大家都叫她雨姑娘，嫁过来，大家仍叫她雨姑娘，其实她叫向雨英。保田老倌五官长得也不错，中等个头。雨姑娘生了六个男孩子，生活苦，没把孩子带好，个子矮小不讲，各自都有点缺陷。老大因生疮在眼皮上留下了疤痕，很是醒目。老二是癞痢头，头上东一块西一块，露出古铜色的皮肤。老三有点斜眼。老五四岁时，因去桌上暖瓶里倒开水，够不着，暖瓶掉下来开水从面颊上流到脖子里。当时起了泡，后来又搞破了皮。不知哪个嫖姆说，伤口怕发炎，要抹点盐水消毒。雨姑娘便泡了盐水，用手蘸着，往破了皮的地方抹。当时四岁的老五痛得像关在笼子里的蛤蟆乱蹦，等伤口结疤了，居然生出两条紫红色的肉条条，好似两条大蚯蚓，足有筷子那么粗，从左脸颊一直到脖子，总有三寸长。唯有老四长得好些，也没破相，却就这样走了。

老四复员后，勤勤恳恳，很快就有了女朋友。那姑娘不但长相好，也勤劳。农村里，不管男女，要的就是勤快。可保田老倌知道了这事，却对老四说："不管姑娘有几好，我不能同意。"老四说："我就搞不清，这么好的姑娘你都不同意，你要我找个怎样的人。"保田老倌说："我要告诉你一件事，我和你女朋友素娥的父亲不讲话的。你总晓得，我们的山场和他的山场连在一起，一次他山上的一棵大梓树被人砍了，硬说是我偷了树去卖钱。我当时就火了。我说，我是穷，因为崽太多了，你好，你富，但你绝代了。素娥父亲也火了，差点打起来，幸亏被过路的人扯开了。"老四说:"那时我才几岁,这陈年烂账就不要记了,不要强加在我们身上。我去过素娥的家,她爹爹都同意了,你还不同意!不管你同不同意,我一定要和素娥结婚。"保田老倌说:"我坚决不同意,讨不到堂客就不讨,人要有点志气。"

老四觉得父亲是一时的气话,没把它放心上。一天上午,老四带着素娥往家里走。小两口一路甜甜蜜蜜的。老四一直在想:父母见了素娥,会好喜欢,一定会同意。才跨进堂屋,迎面碰上了保田老倌,他二话不讲,从大门背后摸出条扁担,举在手里,说:"老子的话,你当耳边风,就是不听啊,你这个畜生,我打死你。"

雨姑娘死死拽住保田老倌的手:"你这是搞么里啊?这么好的姑娘带回来,是我们的福气。你咯点都不晓得。"

老四牵着素娥就往外跑,他不想在素娥面前太丢面子,一个二十三岁的大男人还要挨打。

中午时分,老四回来了,懒懒地侧着身子朝里躺在床上,雨姑娘在灶房里叫着:"老四起来吃饭,老四起来吃饭。"老四没应一声。雨姑娘走到床边看看,看到老四一动不动,以为他睡着了,心想先让他睡一觉,便自己吃饭去了。老四躺在床上,其实是在想心事,越想越气。家里兄弟多,生活苦,素娥不嫌弃他,本来是求之不得的好事。他和素娥商量,除了种好田,农闲时,做点小生意,或出去收废品赚钱,素娥十分赞同他的想法,素娥说:"不管你做什么,我都和你在一起,哪怕是收废品,我也跟你一起去收,多个人,多一份力,穷是不怕的。"

老四原本是爱父母的,家里那么需要劳力,父母还是让他去参军,因此总觉得亏欠了家里。如今,父亲这么蛮不讲理,跟素娥结不成婚了,这日子没法过了,也懒得过了。

他记得前天才买了瓶农药回来,放在茅房里,便往茅房走去。打开农药瓶盖子,一股难闻的气味直冲鼻子。他想:"死了算了,死了算了。"他双手端着瓶子看着,就是这瓶东西送我向西天,然后一仰脖子,喝个底朝天。他跨出茅房,往对面山上走去,躺在一蓬灌木丛里。山里静得出奇,他屏息敛气,侧耳倾听鸟儿展翅飞过的声音,风吹过来时树叶的沙沙声。他嘀咕了一句:"活着真好。"突然想起了素娥,可怜的素娥做梦也不会想到她的恋人正在等死。他忽然觉得不该这么无情。下午三点多了,肚子撕裂般地痛，使他烦躁起来。一条命算得了什么，过几年就会被人忘光，死的人基本上是白死。他竭尽全力，顶着一头乱蓬蓬的头发，从灌木丛中爬出来，这时，寻找他的二哥正走过来。

老四匍匐在地，左手撑着地面，右手朝前伸着："二哥救我，二哥救我……"没喊完，瘫在地上，像一堆败落的叶子。

一切归于平静，只有秋风低吟。黄泉路上多了个小鬼。

福婶

福婶是我们杨家的姑娘，中等个，微胖。丈夫星明是个民办老师，夫妻恩爱，生有两个儿子。

自从父亲成分划为旧官吏之后，杨姓人家几乎和我们断了来往，纷纷划清界限，唯有福婶是个例外。

有时我们分点谷，不知如何才能把它变成米，家里没有脱粒工具。没有谷发愁，有了谷，同样发愁。周边有办米（现在叫碾米）工具的人家都借过了，母亲去向人家借碾米工具时，还没开口先赔着笑，别人也知母亲上门多半是要借东西，爱理不理。有些人多少顾及点母亲的面子，笑笑地说："咳，真不巧，我们今天也要办米，米缸都见底了。"有些人就说："记得不，这是借第几次了？"难听的好听的都是一种拒绝。

一日分到了五十斤谷，母亲一个晚上都在想向哪家去借碾米工具，一副愁肠百转的样子。我被生活逼成了小大人，母亲万般无奈的时候，往往能出点主意。我说："妈妈，要不去福婶那儿借借？"

母亲说："我也想过，只星明叔是个民办老师，不知道有没有这套碾米的工具？"

"反正不远，我跑一趟就是。"三里多路对我真是小菜一碟，当我回来告诉母亲明天上午可以去碾米时，母亲如释重负。

第二天吃过早饭，我和母亲抬着谷子去福婶家，五十斤谷一点也不觉得重，箩筐在我和母亲之间晃晃悠悠。走在半山的路上，路边青草上的露珠在太阳照射下晶莹剔透，微风吹在身上十分舒适，一想到每次碾完米母亲会煮餐白米饭吃,心里是多么愉悦和满足。

福婶家有个专门碾米的屋,有推子、筛子、斗臼……一应俱全。母亲自是一番感叹,悄悄对我说:"什么时候自家能添置这套工具就方便了。"

五十斤谷很快就碾好了,福婶送我们到路口,对母亲说:"星明近来老肚子痛,医生也看不出名堂,人也越来越瘦。如今大儿子成家了另过,小儿子长得过于矮小,怎么就一点不像他爸爸,也不像我。自己那副样子,讨个堂客当然丑,三天两头地吵,就是看着两个孙女可怜。"

母亲说:"家家都有本难念的经,各家有各家的难处,只能耐烦过。你有什么要做的衣服或鞋子只管拿来我帮你做。"临分手时,福婶大声说:"要办米只管来,不要不好意思,几十百把斤谷要么里紧!"

这一句从福婶嘴里说出的话让母亲如沐春风,温暖了母亲的心。

后来我们每次去碾米,她总是像迎来了稀客,一阵忙乎:把碾米的屋子拾掇得干干净净,把平时堆积的多余东西全部搬开,豆子芝麻茶递到手上。她的真心使母亲有着不尽的感念,幸好有她,让母亲减少了许多尴尬。

后来母亲逃到湖北，中间回过老家，带着有限的礼物去看福婶。母亲记着她的情。

福婶告诉母亲："星明死了。做了二十几年的民办老师，死的第二年就能转成公办老师，可是他没那福气，才五十出头就死了。老二的堂客因一件小事夫妻吵架，喝农药自杀了。一年死了两个人，我差点撑不住了，但为了两个孙女不能死呀！"

后来母亲落叶归根回了老家，仍住在庵子里，常去福婶家走动。每次去从不空手，多多少少要带点吃的给福婶。一日母亲午睡起来，看到福婶坐在阶檐上靠墙在打瞌睡，母亲边扶她起来边说："怎么不进屋，来了多久了？"

福婶说："没来多久。你每次来我家，回回带东西给我；我想来看你，两手空空，没脸进屋。"

母亲说："莫乱讲，我带给你的东西是我家里有的，你没有就不要带，空手来坐坐，说说话就蛮好。今天不准走，到我这儿吃了午饭再回去。"

又有了蛮多天不见福婶了，母亲拿了六个鸡蛋和二斤面条去看她，谁想到她正生病卧床。也说不清什么病，反正越来越严重。还好，大媳妇每餐会送点饭给她吃。走时母亲问她想吃点什么，福婶说："想吃米酒。"

母亲回去就做米酒。过了几天送了去，甜甜的米酒用开水冲泡，福婶一连喝了三饭碗，脸上露出了久违的笑模样。

福婶的病没有半点好转。一次母亲去看她，她说想吃霉豆腐。

次日母亲便带了霉豆腐去看她。给她喂着米饭和霉豆腐，福婶对母亲说："这霉豆腐好吃。"母亲见她那般享受的样子，说："你喜欢吃，我过几天全部拿来给你。"

福婶的病越来越严重，整个人没了精气神，像灶膛的余焰不再耀眼火爆，只剩下平和温顺，安静地躺在床上。母亲每次看望回来，内心都会泛起缕缕无以名状的伤感。

福婶一共只病了三个多月就撒手人寰了。这些日子，老二从没出现过，直到母亲走了，他才从哪里钻了出来。

哥哥弟弟去给福婶叩头，灵堂正放着《夫妻双双把家还》的歌，这句歌词高亢嘹亮地萦绕在屋梁上。哥哥有些光火，看到福婶的二儿子时没有忍住，说："这歌大不必放，你母亲尸骨未寒，你还有心听这歌。你妈妈生病时，好难得见你一面，那时你能多陪陪她比放这歌好得多。你妈还不到七十岁啊！"

后来听说办这个丧事杀了两头猪。哥哥心里不是滋味没去吃饭，和母亲谈起这事很是气愤。福婶活着时两个儿子都不怎么管她，生病时饿一餐饱一餐，不要说吃营养。死了就大操大办，好不风光，这种风光跟福婶毫无关系了。活着的时候怎么不对福婶好点。

从此以后，母亲的生命中少了一个知心人。

郎中

世平叔是我们这地方方圆二十里内一个颇有名气的郎中。四十好几，瘦高个，一张小小的脸上有精致的五官，很是斯文的样子。

冬天他穿合身的长袍，或灰或蓝，浆洗得干干净净。热天穿着白色棉布褂子，当胸一排布纽扣排列整齐。总之，一年四季都显得干净清爽，加之说话斯文，态度和蔼，是个很受欢迎的郎中。

我在田间地头做事时，经常能看见世平叔行走在各个路口，背着药箱走在去某家病人的路上。田间小路并不平坦，但每一步他都会瓷实地踩在地上。我还看见过他不紧不慢从口袋拿出一面小镜子，对着太阳照镜子。我对这个很好奇，时不时放下手里的工具，镰刀或锄头，抬起头来看世平叔是否又在照镜子。我发现他走几步照一次，走几步又照一次。不可思议，一个男人如此爱好。可惜离得远我无法看到他的面部表情，他也从未发现有个小姑娘在好奇地窥视他。

我们和世平叔家算是世交，世平叔妻子叫祖慧，贤良笃厚。那时母亲还在教书，星期天会带上我和夕莹去他家串门。世平叔的房屋真大，雕梁画栋，家里长年请着长工和保姆，还有私塾先生。他家靠收租吃饭，可见家境的殷实。这些我和夕莹都不感兴趣，感兴趣的是他们家的花园。花园好大好大，种着月季花、栀子花、鸡冠花等各种花卉，还有梅子树、桃子树、橘子树，石榴红红的挂在树上，像一个一个的红灯笼。除了这些，花园里还砌着水池养鱼，一根大毛竹一剖两边代替流水槽，一头搁在水池沿上，一头穿过围墙的洞直到后山，流入池中的山泉，亮亮的，干净得透明。另半边毛竹接着从池子满出来的水，通向另一个池子，用来浇花草果树。在灼热的天空下，这里显得那么凉爽和新鲜。我和夕莹趴在水池边看鱼游来游去，百看不厌。

祖慧婶婶生有十二胎，共十三个孩子。十二个男孩，一个女儿，五毛六毛是对双胞胎。孩子们上学之前都没取大名，名字从大毛、二毛到十三毛为止。十三个孩子没有一个夭折。九毛是个女孩，尤为金贵，夫妇俩爱如掌上明珠。

家里没请奶妈，只由保姆帮带孩子做家务，祖慧婶婶的全部生活就是孩子。她忙忙碌碌，只每次见着母亲去都很惊喜。

记得一次去祖慧婶婶家，她的笑容有点怪怪的，原来她前面掉了四颗牙齿，两颊的肌肉便松弛下来，显得一下老了好多。讲话因少了牙齿而显得口齿不清，胸前仍抱着一岁多的儿子，敞开衣襟，露出白而如布袋般的乳房。

我只听见母亲说了一句："不能再生了，世平兄是郎中，总会有办法。"

1948年，世平叔突然无缘无故把自己的全部土地都卖了，连房屋也卖了，买了别人的一套旧房子住了进去。平时吃饭去找别人买谷碾米，他自己仍做他的郎中。

买世平叔家产的人原是地方上一个游手好闲的人，靠赌博为生。那年他走了好运程，每赌必赢，赢来的钱居然买下了世平叔偌大的家业，人人羡慕，说人一走起好运来，挡都挡不住，所以平时不要看不起穷人，人总有时来运转的时候，谁也不晓得哪天就会发财。

走进1949年，新中国成立了。打倒土豪劣绅，划成分分田地。世平叔成了贫农，分了土地，翻身当了主人。而买他产业的人成了大地主，挨斗自不必说，土地房屋没收了，又住进了茅屋，成了人民的敌人、被人嫌弃的狗屎堆。

一次世平叔来我家坐，作为至交，父亲问他怎么会有这种先见之明。世平叔说："哪有什么先见之明，一时心血来潮，想做个败家子试试。"听来确实是肺腑之言。

祖慧姉姉六十来岁就走了，丢下一堆儿女。母亲经常叹息："我和祖慧已是人天相隔。"世平叔高寿，活到九十一岁安详地走了。

第三章 我

似露珠,是宇宙

1984 年

1984年,二女儿要参加高考了。一日女儿的班主任张老师去医院看病,县城小,大家都是熟人。医生问张老师:"张老师你带的是尖子班,听说个个厉害,只怕你那个班都能考取大学?"张老师说:"别人我不能保证,你们医院章医生的女儿一定能考取。"

医生把这句话告诉了丈夫。那日丈夫笑容满面下班回来——他是个难得笑的人,即使笑也就是个微笑了不得。我问他:"今天怎么这么高兴,碰到什么好事了?"他说:"张老师说红红一定能考取大学。"

这消息确实使一家人兴奋不已。那晚我们开始商量怎样筹备老二上大学的开销。穷家富路,在外面总要花钱的。

上大学国家不收学费，但要吃饭，要住宿，要添置被子和衣服，这都要花钱。那时家里没一点积蓄，左想右想，只有去买两只小猪来养，还有好几个月，到红红上学猪能长到一百来斤，卖掉猪的钱给她上学就不成问题了。

养猪，首先要解决关猪的地方，近水楼台先得月，汽车运输公司换下来的旧车厢板到处都是，可以搭猪棚。只是每块板子都是用铁条、螺丝铆紧的，其重无比，我们两个就一块一块地扛，终于有一天建成了一个有模有样的小木屋。屋顶盖上海绵瓦。丈夫又寻来一节竹蔸，一剖两边，把中间的节打掉，两头紧紧绑在板子上，就成了小猪吃潲的食槽。至于粪便就铲到周边别人的菜土里，别人高兴都来不及。

春寒料峭，虽然太阳早早地出来了，依然没有一点暖意。一路上迎面吹来的风冰凉凉，我和丈夫挑着一担原本用来买米的小箩筐，兴致勃勃地去农贸市场买小猪仔。虽然冷，心里却像揣进个腾腾燃烧的火炉子，打心里往外冒热气。

卖猪的农民还真多，买猪的人也不少，集中在一个地方。篾篓里的小猪只只白白胖胖，十分可爱。我们都看花了眼，原本我们就不识货。犹犹豫豫走到一个妇女面前，只见她面前篾篓里有八只小猪，女人干净清爽，温言软语地介绍她的猪种如何如何好。我们反正不懂挑选，就让她给我们抓了一只大些的。这猪的身子长长的，脚也长长的，没有别人的长得胖，小小年纪就有种健硕的样子。

另外一只是在一个老人家那里买的。这只小猪矮矮圆圆胖胖，十分可爱，我们毫不犹豫就买了。

两只小猪有伴，吃潲时抢着吃，发出一片吧嗒吧嗒声。食料开始是稀饭加一点剁碎的菜叶，慢慢地它们越吃越多，长得也蛮快。看着一天天长大的小猪，那心里啊真是喜滋滋的。

丈夫下班回家先要去看下小猪，粪便扫得干干净净，角落里给猪睡的稻草也经常换新的。猪长大了，吃得多了，丈夫不得不在下班后帮忙打猪草。他原本身体不怎么好，年轻时得过肺结核病，到了九死一生的时候，特效药雷米封面世救了他一命，但在生活中不能太累。

猪的品种真是各有不同。在那女的那里买的那只依然瘦瘦高高，身子长长的，像一个青皮后生。别人说，这只猪可以长到两百斤。而在老人那里买的，依然矮矮的，短短的，一个肚子奇大无比，吃饱了淅，忽闪着个腰，这肚子就快要挨着地。看它那蹒跚走路的样子，真像一个待产的孕妇。

高考成绩揭晓，女儿按她报的第一志愿考取了南京大学化学系。我们就把两只长到八十多斤的猪卖了，钱让她带去南京上学。我们商量着再买两只小猪来养。还有一个儿子三年后也要参加高考，想早点做准备。

就在我们沉浸在快乐中时，不幸从天而降。丈夫因没得到很好的休息，身体不舒服，每天下午低烧，伴有咳嗽。一检查，痰里带菌，肺结核复发了。

这是件非同小可的事，碗筷立马分开以免传染家人，更不用说再养猪，赶紧住院治疗，怠慢不得。

住了一段时间院，每天挂水，肺结核病基本好了，但无缘无顾眼睛看不见东西了。眼睛不痛不痒，但我站在他面前，他连我的五官都看不清。他只能模模糊糊看到身体的轮廓。

在医院什么毛病也没检查出来。这真如晴天霹雳、泰山压顶。丈夫无法上班，平时对工作乐此不疲的他，如遭了雷击，脾气变得暴躁，喜怒无常。要么坐在那里，神情惨淡，面容憔悴，一语不发。有时又哭又跳，甚至还想往墙上撞！所发出的悲声足以让我胆战心惊，手足无措。

我百般安慰："你的眼睛一定会治好，我的预感是很准的。万一不好也不用怕，还有我呢，我做你的拐杖，出门我牵你。孩子们依然能上大学，这个家不会散，你放心。"

这些话对丈夫没有丝毫作用，他要我打电话叫在省城工作的大女儿回来，要我发电报叫在南京读书的二女儿回来，趁没完全失明还可以看看她们，最后看看她们。

我没依他。没叫孩子们回来。

县城里最好的眼科医生是金小千医生，他是医学院眼科专业毕业的。他尽了最大的努力，但也查不出名堂来。他建议我们去上海检查。

去上海不是说去就能去，还需领导批准。我们立马写了申请，领导批了，这其中金医生在领导面前说了很多有益我们的话。金医生陪同丈夫去上海，一路上，他不是以一个医生的身份陪同，他就像一个家人，事无巨细地照顾丈夫。在上海住院的一星期，也是如此。

病因找出来了，球后视神经炎，起因是治疗肺结核过程中用药过量。在上海治疗的一星期里，病情有所好转。

后来根据上海的治疗方案转到长沙某医院。

出院那天,县医院正好派一人来上海购买医疗设备,金医生和丈夫连同那同事一起去购买。丈夫拿着一个显微镜左看右看,爱不释手,那同事见状,不无挖苦地说:"你还想看显微镜?等下辈子吧。"

回来后,丈夫把这事告诉我,我说这个人真要不得,这样打击你。

丈夫在长沙住院期间,我不能陪在他身边,家中还有个读高中的儿子。这个医院不但要打针还要吃中药,但医院没有熬中药的条件。真是天无绝人之路,我在汽运公司上班,单位的班车每天跑一趟长沙,而丈夫住院的医院离班车停车的地方不远。我每天四点起床熬好中药,拿一个盐水瓶装好,塞紧橡皮塞放在驾驶室,丈夫每天上午十一点去停车的地方拿中药。这样坚持了二十六天。

中途我去长沙看过一次丈夫。走进他的病房,只见他右眼蒙着纱布躺在床上睡着了,脸的半边呈青紫色,那样子说不出的凄惨。此情此景让我眼泪奔流而出,我赶紧跑到门外,痛快淋漓地哭了一场。哭完再次走进病房,叫醒了丈夫。

我问他眼睛和脸是怎么一回事。丈夫告诉我,打球后视神经的消炎针是从下眼皮那里扎进去的,那日打针的是个实习医生,扎了几次都没成功,真的受了不少罪。我劝他要安心住院,视力已有了好转,再坚持一段时间就可以出院了。

我们一起吃了午饭和晚饭。拖到晚上八点多钟了,我说我得回我们单位订的旅馆住一晚上,明天一早跟车回去。丈夫像个小孩一样要第二天跟我一起回去,讲了老半天才讲通。

在回旅馆的路上,丈夫执意要送我。八点多钟黑夜早已降临,人行道上树影婆娑,人流熙攘,抬头看看丈夫,他那模样让我心里凉飕飕的,有一种说不出的苦涩。再看天空,天上一轮明月,皎洁清朗,在云层之间时隐时现。丈夫感叹一声,眼睛能看东西真好。

第二天一早,丈夫仍是蒙着一只眼睛,一边脸青紫色,出现在车边。那一刻我的心疼痛了一下,连忙跳下车走到他面前:"你怎么来了?"

"我要跟你回去。"那只没有蒙纱布的眼睛里浮现出泪光。

我说："昨天不是和你讲好了吗？视力有了好转，已经看到了希望，决不能放弃。再住些时间，等完全好了你就可以出院，又能上班了。你看车要开了，我要上去了，等你出院那天我来接你，回医院吧。"

看着他离去的背影，觉得他好孤单，眼泪也蒙住了我眼睛。

二十六天，丈夫终于出院，从长沙回来了。在自己医院由金医生继续治疗了一些时间，终于可以上班了，依然可以看显微镜。他的眼睛再没出现过问题，又工作了二十多年才退休。

苹果园历险记

一

1987年夏天，公司派我带一个断腿女孩去北京装假肢。这女孩是个十八岁的农村姑娘，不幸遭遇车祸，右腿被轧断。车主是我所在汽车公司的司机，负事故主要责任。公司做了赔付，此外还要负责给姑娘安装假肢。

她的右腿从膝盖以下截肢，假肢就像一个木头做的喇叭套在残腿上，用几根皮带连着挂在脖子上。木头假肢很重，多走点路假肢边缘就会把大腿皮肉磨破，很是痛苦。这之前已经去北京调试更换过三次。这回是听说有玻璃钢材质的假肢，更为轻便，便要求汽车公司派人陪同去换玻璃钢的。

这是个麻烦的任务。姑娘走路、上上下下都很艰难，陪同者要很有耐心。北京是大城市，人生地不熟。到北京后若需要订制假肢，至少得待上十几二十天，家里有小孩要照管的就走不开。单位的人都不肯去，于是领导做我的思想工作，希望我去。我对领导说："我一个人带不了，北京我一点也不熟悉。"领导说："你有什么要求只管说，要人手的话也可以。"

我便提出让我丈夫和我一起去，"……他在北京学习过一年，地方比我熟些。我还要从北京去南京，看我在南京读书的女儿，车票也要报销。"

领导都答应了。

要出发那日，女孩由哥哥送来公司。我和丈夫带了一个草绿色行李包和一个军用水壶，三人小组坐单位的长途班车先到省城，再由省城去北京。

女孩穿着假肢，一条腿直直的不能弯，走路奇慢，要有足够的耐心陪着她。上车时必须一个人先上去，在车上拉住她的手，一个人在下面推，这样她才上得来。

到座位旁边，女孩弯下腰，慢慢地抽出膝盖上的木栓，咯噔一声，声音还有些大。木栓抽出后她的膝盖可以弯曲落座，但也因那声音惹来好多双眼球投向她。有人用同情的目光望向我，问："你的女儿？"女孩很懂事，遇到这样的问题总是抢先回答："不是，是同事。"

儿子其时正在北京念书，学校在苹果园附近。从省城坐火车到了北京，我们便搭乘公交车，住进了苹果园一家旅馆，从那儿到装假肢的工厂也不算太远。安顿好女孩后，我们便去找儿子，当儿子的同学告诉他你父母来了，他不敢相信，看着我们愣住了，说："你们怎么来了？"

告诉儿子我们是来出差的，领着他朝旅馆走去，一路把事情原委说与他。儿子说："明天我请假陪你们去假肢厂。"我说："不用，我们能行。"

晚上在儿子食堂吃了饭，食堂的饭菜不好吃，唯有一道洋葱炒肉好吃点。女孩的饭是每餐带回旅馆给她吃的。

第二天便去了假肢厂。到了办公室，我们拿出介绍信，便有人带我们去车间。走到车间，那人把我们交给了一个姓王的车间负责人。我朝四周一看，吓得心里发颤，车间四周挂满了假手假脚，长长短短，大大小小，由于太逼真，真的好瘆人。

原先我还以为装假肢的地方是个医院，医生们个个穿着白大褂。我完全错了，假肢厂是个生产各种假肢的工厂。

一个工人仔细量过女孩大腿的尺寸，又取下假肢让女孩试穿，试来试去没有一个合适的。那人说只能定做了。我问这要等多长时间，回答说，制作连同试穿、锻炼大概需要二十来天。

我们便安心住了下来，留下旅馆电话给工厂，说做好了就通知我们。

二

后来我们没去儿子的学校吃饭，在旅馆附近的食堂买饭吃。挨近食堂有一溜简陋的平房，我买饭都要经过，发现这里住满了人，全是断脚断手，等着装假肢的。顶头那间屋子住着一对父子，经常坐在门口，我经过时他们总是对我报以友好的微笑。

这对父子，父亲双手从胳膊肘以下没了，儿子双腿膝盖以下没了。没有手的父亲与没有腿的儿子，那情形看上去真有说不出的凄惨。他们友善的笑容，我看在眼里，心中感到既亲切又苦涩。

后来我便会走近他们门口和他们说说话。得知父子俩姓王，都是开滦煤矿的工人，在矿下遭遇瓦斯爆炸，各捡了一条命，但就变成这样了。

他们没人照顾，房间里乱七八糟，身上穿得邋里邋遢，两人都胡子拉碴。我走过去和他们打招呼讲话，他们不知有多开心的样子。

一日我去买饭，看见了他们买饭的艰辛——有手的儿子骑在有脚的父亲肩上去食堂，远远看去就像一尊黑塔。遇到时他们对我笑，招呼说："买好了？"我的喉咙像堵了棉花，只点了点头。

从那天起，我每餐都提早去，走进他们屋里，不由分说拿起盛饭菜的东西，问清买什么、买多少，然后去帮他们买饭菜。他们无法从我手里夺走东西，一个能走没有手，一个有手没有脚，奈何我不得。

吃饭时老王的饭要由儿子喂，父子俩推来让去，都要对方先吃。看到这一幕我好感动。

有时我打好热水，要小王帮父亲仔细洗干净脸，又要小王自己洗干净，拿出我丈夫的刮胡刀让他们刮胡子。刮了胡子的父子俩真是焕然一新，其实他们长相蛮好，头发厚而黑，浓眉大眼，牙齿整齐。老王告诉我，儿子才二十六岁，还没结婚。他自己五十四岁，家里有妻子和七十多岁的老母。妻子要做农活，不能来照顾他们。我还帮他们洗过衣服，整理过房间。他们看着我，两个大男人热泪盈眶。

人世不易，就有这么苦的人。

三

十九天后，女孩的假肢装好了。陪女孩在假肢厂空地试走了三天，她适应后，我们便带她一起出去游玩，去了长城、动物园和天坛。儿子和大女儿的男友——其时他在北京读研究生——陪同我们，两个年轻人都很善良，走两步便停下来等女孩。女孩说好几拨人带她来北京，没有一个像我们这样还带她出门玩的。

一日我和丈夫带女孩去逛王府井，下午四点多准备回旅馆，在上公交车时，丈夫先上去拉女孩，我在下方推，女孩上了车，而我还没来得及上去车门就关上，车开走了。

望着远去的车子，我一筹莫展。我身上只斜挎了个水壶，其他东西都在丈夫身上。摸摸口袋一分钱都没有。

下一辆公交车来了，我麻着胆子挤上去。站稳后，售票员到每个人跟前收票钱。到苹果园是两毛钱，可是我没有。我跟她说了事情原委，百般向她解释。但怎么也不行，没钱就不让坐车。我拿起军用水壶，说我把水壶押在你这里，明天我会在苹果园车站等着，把车钱给你。

她仍是不肯，用浓重的卷舌音蔑视地说："身上没有一个子儿还想坐车！没钱还好意思上车，谁知道你是不是骗子！"——直到现在，那位女售票员响亮的儿化音还清晰地留在记忆中。

我说："你看我也不像骗子吧，骗子不会只骗两毛钱，何况我愿意把水壶压在你这里。"

车上的旅客如企鹅般抬头看向我,我无地自容,犹如当场被捉住的窃贼。想想为了两毛钱搞得自己如此狼狈,只怪自己做事不老练,身上不放一点钱。懊恼和悔恨交织着,都快哭了,车到了下一个站点,赶紧下了车。

我决心走回旅馆。这趟公交车是到苹果园的,坐过好几趟了,顺着这条公交线走到苹果园站,我就认识回旅馆的路了。

走啊走啊,看看天一点点暗下来,路上的霓虹灯开始闪烁,下班的人络绎不绝。我像一个流浪者在人行道上急急地走着,也不知走了多少站。又想着丈夫和那女孩此刻也一定在着急,便有渴望、焦躁和恐惧交织在心里。

过一个十字路口时,看见前边一中年男子正停在人行道上,展开一张北京地图看。他衣着整洁,戴眼镜,凭我的直觉,他是个有知识的人,从外地来北京出差的。我走过去,轻轻叫了声"同志",请他帮我看看从这里到苹果园有几站。

他看后告诉我有五站。我自言自语道:"还要走五站。"他说前面就有公交车站点。我便把今天的遭遇详细讲给他听,最后,鼓足勇气问:"可不可以借给我两毛钱去乘公交车?"

他二话没说就从口袋里掏出五毛钱递给我。我接在手里,霎时觉得自己成了个乞讨者。我说请你把住址告诉我,我有小孩在这里上大学,我要把钱还给你。

他和气地说:"几毛钱无所谓,快去乘车吧,免得家人着急。"我再三谢过他,手里死死抓着五毛钱,大步朝公交站牌走去,等去苹果园的车。

上了公交车,五毛钱仍捏在手里,放口袋怕扒手扒了,又怕无缘无故掉了。

可能因为下班时分,车上挤满了人,人头攒动,售票员始终没挤过来让我买票。五站以后,我没花一分钱便到了苹果园。但是,如果没有那五毛钱壮胆,我是怎么也没勇气上那公交车的。

公交车在苹果园站点一停下,我从车上跳下来。那里其实是个十字路口,亢奋的心让我想都没想,不管三七二十一就朝其中一条路奔去。这时我听到那女孩的声音,她在叫:"杨阿姨,我们在这里!你走错了!"

我如梦初醒,循着声音望去,丈夫和女孩正在另一条路的路口等着我,他们已经等了两个多小时了。

此刻我才觉得害怕了,要是我朝那条路奔去,不知会走到哪里。

一路上我给他们讲着我的经历。女孩说:"杨阿姨,你是遇到了好人,要是你走要走到好晚才能到旅馆。"我说:"要是我今晚没回来,你们打算怎么办?"丈夫说要儿子去登寻人启事。

我拿出那五毛钱给他们看。那钱被我捏得湿乎乎的。

四

一切都搞好了,连去南京的车票都买好了,我迟迟没有勇气把这消息告诉河南父子俩。他们对我是那么信任和依赖,我几乎成了他们的精神支柱。每天去买饭,那位儿子早早就坐在门口,远远地看见我,会惊喜地喊着父亲:"爸,大姨来了。"好像看到了亲人似的。

临走的头天下午我去告诉他们:"明天我要走了,车票都买好了。"我将丈夫的刮胡刀和我的一块小镜子留给了他们。只见平时那么爱笑的父子俩一脸的悲伤,小王说:

"大姨你真好，我一生一世都记得你。"而老王在那里老泪纵横，害得我也哭起来了。

父子俩问了我们第二天离开的时间。次日便见儿子骑在父亲肩上，来送别我们。他们一直送我们到公交车旁，那种离别的场景永世难忘。

人世间的缘分就是那一刻相遇，然后又永远告别。我热泪盈眶写下这些，因为几十年后我依然想念这对悲苦憨厚的父子。

火车到了南京，还没下车，就见女儿在站台向我们招手，旅行进入下一个段落。

讨债路上

一

一次单位要我和同事小胡去浏阳讨债，我们就坐上了长途班车。

车开出不远就有七八个人要搭车，他们扛着编织袋，背着大包小包，都是要出门摆摊做生意的人。他们一上来，车厢里顿时无比拥挤。人们厌弃地看着他们，抱怨声此起彼落。"这么多行李怎么不托运？""非要放到车里不可，让我们一动都不能动。""就是为了省几毛钱吧。"小生意人已练出了他们的坚韧，不温不火，旁若无人地摆弄他们的东西，尽量往座椅下面塞。

女售票员开始卖票了，生意人飞快地掏出钱来，好像慢了半拍就会得罪她一样。车里唯有一个学生模样的青年低头尴尬地站在那里，一副不知所措的样子。售票员到他面前，他还是不动。

"买票。"

"阿姨，我的钱被扒手扒掉，没钱买票了。"

"没钱买票就下去，没什么客气可讲。"

只见那学生二话不讲，扑通一声跪在了售票员前面，带着哭腔说："阿姨，你让我坐车吧。我昨天来看外婆，外婆给了我钱。现在口袋里的钱没有了，被扒手扒掉了。"

"下去，下去，不买票就是不行，都像你不买票，我们的油钱都赚不到。下跪也没用。"

我仔细看那学生，有一张清秀的脸，蓝色中山装一定是出门做客才穿，新崭崭罩在他单薄的身子上。我顿生怜悯，也不知哪来的勇气，对着一车厢的人说："大家帮帮忙吧，每人出一毛钱就够了。"

"谁有钱谁出，真是多管闲事。"有声音说。

又有人附和："是咯，是咯，愿意帮他出钱就快拿出来，不要耽误了开车。"

我拿出两毛钱，小胡也拿出两毛钱，小胡挤到前面，把四毛钱放在那孩子手里。

一时间气氛很尴尬，再没人拿出钱来，车厢里也不再有声音。

过了一会儿，才有一个三十多岁模样的人，拿出一张一元钱的红票子说："我是个木匠，身上只有一块钱，我给你。"那学生似乎有点不相信，手足无措，犹犹豫豫才去接那一块钱，没有讲谢谢，他的声音被眼泪堵住了，只对着那木匠鞠了个躬。

那时猪肉七毛钱一斤，一块钱可以买好几斤盐。

这时，车厢活跃了，有拿一毛的、两毛的，一个婆婆递过来五分钱。很快一张车票钱——两块六毛凑齐了。后面别人再给钱他也不要,连说:"够了,够了。"

车开动了。引擎轰响,我感觉胸腹之间有一种呼之欲出的兴奋,靠着窗子,眼前无垠的田野、树木、房屋都在迅疾后退。

二

第二天我们要去离浏阳县城五十多里的农村大队部讨债。只有二十多里路有班车,其余的二十几里要骑自行车。

沿路地面坑洼不平,每前进一步都要使劲踩着脚踏板,只要一不留神就要倒在地上。我们能骑时就骑,不能骑时就推车走。有一处是一个很长的斜坡,斜坡上全是小石头。下雨天,雨水集中往这斜坡上冲刷,久而久之,这些颜色各异大小不同的石头变得没棱没角,重重叠叠,因带不住泥巴而松松垮垮。这条坡路长而陡,推着自行车走在上面,路上的石头经轮子的碾轧朝两边分开,车轮和人都像扭麻花一般。一路扭完,骨头似乎要散架了。我们坐在路边休息了一阵,路边密密的野草,在风中摇过来晃过去,似跳舞一般。

三

休息一阵后继续前行,去找大队部。在那儿遇见一个老人家,他说大队部今天只有他一个守门的老头儿,干部都下乡去了。

看样子这钱是收不到了,只有往回走。遥遥看到前面有一个屋场,决定过去碰碰运气,看能不能碰到大队干部。自然是没有碰到。而就是这个想法害我们走错了路,越走似乎越往深山里去。

太阳已悬在头顶,肚子也开始饿了,好不容易遇见一个人,便上前问路。那人仔细地指点我们要怎样走。

那弯曲的小路自行车根本派不上什么用场,只能推着车子一路前行。真正的山里另是一番景色,一座座山顶天立地,绿色无穷无尽地蔓延,阳光经过茂密的树枝洒下来,山林间明暗闪烁。小胡一看表,已是下午三点多了。我们就这样走着,小路空落寂寥,心里慌慌的,不知何处才能遇到人家,更不知何时才能出山,这山路似乎没有尽头。

终于看到不远处有栋小屋,便加快脚步直奔过去。走近那屋,大门敞开,下午金灿灿的阳光照进堂屋,房间里一片金黄色。从屋里走出来一个十六七岁的姑娘——隔了这么多年，我还记得当时的震惊，这姑娘真美啊！她像深山里的清泉，像山上一株野花，无邪，纯净，美而浑然不自知。

她从屋里出来，看见我们，眼睛里有好奇又友善的光。然后飞快跑进屋里，姑娘的母亲很快出来了，请我们进屋坐，又连忙去厨房泡茶。

那地方招待客人的茶是切得细细的红萝卜和白萝卜丁，用盐腌制后晒干装在玻璃瓶里保存，再放点自制的茶叶和菊花，热水一冲有股淡淡的清香和一丁点咸味。热热地喝下肚，滋味美极了。我们告诉母女俩，我们去大队部讨债，没找到人又走错了路，到现在还没吃中饭，肚子好饿，走不动了，想到你家里买餐饭吃。那母亲热情地说："那容易，我就去帮你们做饭，不要钱。"

那位美姑娘一直带着她的小妹妹陪着我们，眼神里满满的欢喜与好奇，尤其对小胡显得亲近，挨着他坐，就像一个小动物喜欢黏人一样。姑娘说，她们家离村庄远，难得有人来。又说，你们城里人真好。她都没去过县城，听说县城真热闹，有商店，什么都有卖的。

听姑娘说,她父亲是个篾匠,农闲时在各地做上门手工,十天半月难回来一次。她本来还有个弟弟,因出麻疹,高烧,父亲不在家,母亲没能把他及时送医院,就死了。现在父亲努力赚钱,就是要把房子做到山外去。

我看着女孩,她真是比画报上的人还美丽。但在这深山里,女孩连个人都不容易见到。难怪她陪着我们不愿离开,看我们时眼睛里总有一种恋恋的神色。

饭好了,母亲端出满满一碗腊肉,没上桌那香味就直往鼻子里钻。山里人轻易不上街买东西,养的猪过年宰了,腌后熏好全部留着自己吃。那腊肉肥瘦相间,地道的五花肉,切成半厘米厚一块,蒸熟了后呈淡淡的黄色,吃到嘴里油而不腻。一碗梅干菜,放了很多油在里面,再放在锅里蒸。梅干菜里还有薄薄的豆腐干,嚼起来韧劲实足。一碗蒸鸡蛋,舀在调羹里颤颤巍巍。这三样菜是同时放在蒸笼里蒸的,都好吃得不得了。唯有一碗白菜是清炒,甜丝丝的,也格外好吃。

吃完饭,我们要走了,虽是偶遇,但都依依不舍,尤其是那女孩,眼巴巴地问:"这次没收到钱,下次你们还会来吧?"我说:"大队部若把钱送到单位了就不会来了。要是还来，一定再到你们家里吃饭。"美姑娘笑了，雪白的牙齿如珍珠般排列。我们偷偷放了两块钱在桌上便出发了。走了很远回过头去，还看见姑娘牵着妹妹站在那里望着我们。

和秋秋在一起的日子

牯岭路上的小公园

一退休就决定去南京女儿家住。外孙女秋秋刚两岁，正需要人照顾。这是件两全其美的事。

那时的火车慢，从南昌到南京，下午一点动身要第二天早晨才能到。清早火车抵达南京，女婿女儿把我们接到那个叫西康新村的家里。床都铺好了，需要用的东西一应俱全。我轻手轻脚走到床边，是那么迫切地想看到外孙女秋秋，她还在熟睡，红扑扑的小脸蛋十分好看，让人打心底里就喜欢上了。

我们吃过饭，秋秋醒了，女儿抱着她来和我们认识。

这小家伙原本是不喜欢和生人打交道的，看到我们却自来熟，我去抱她立马就要我抱。也许真的是血缘关系在起作用。

女儿带我们熟悉了一下附近的环境，第二天我就催女儿放心去上班。自此，整个白天我便和秋秋在一起。外公则天天逛菜场买菜，这是他的爱好。

西康新村出门不远就是马路，幸好那时车辆不多，另有宽阔的人行道，道路两旁植有高大的法国梧桐。临近的牯岭路很安静，有个小公园，婆孙俩便常走在牯岭路上去小公园玩。太阳透过树叶洒在身上、路上，一片斑驳。我时不时快步走到秋秋前面，回过头去看她的小脸。每次一回头，秋秋就赶紧把脸别过去，不让我看。我们一路做着这游戏，我笑个不停，因为秋秋每次都飞快地别过小脸，就是不让我看。

公园里栽满了树，没有花。地上有些小石头。有石凳可以坐。我带着秋秋一去就玩半天，在公园里晃荡，寻寻觅觅，捡些好看的石头朝远处扔（公园里通常没人），比赛看谁扔得远。

一次下午去公园，女婿讲好下班经过那里，顺便把我们接回家。下过一场雨,雨后的天空又高又蓝。秋秋遇上一个同龄的小男孩,俩人比着谁的树叶捡得多,满公园跑着乐此不疲。我和那男孩的外婆聊天,她也是退休后来女儿家的。接近黄昏了,天上的云像烧起来一样,十分壮观。

男孩和外婆回家了,公园一下静了下来。深秋的南京,夜幕降临得很快,才过五点,天边的太阳就消失了。风吹在身上已经很有寒意。天色很快暗下来,小公园一片寂静,只能听到轻微的风声。十字路口密密麻麻的车灯闪烁,照得我双眼恍惚。可是女婿迟迟没来,抱着秋秋坐在石凳上,我心里有点慌慌的。但我又不敢牵着小家伙过十字路口,穿梭的车辆使我没有勇气迈步。

就在那一刻女婿的身影出现了,他骑着自行车朝我们过来。我们的胆子一下大了,连忙起身。女婿把秋秋抱上自行车座椅,三人打道回府。

祖奶奶家的院子

我们住西头二楼。东头一楼人家有个小院子,每次出门要从他们院门经过。这家有个八十多岁的奶奶,秋秋叫她祖奶奶。祖奶奶矮矮的个子，一头灰白的头发，穿着朴素，常驼着背在自家院子里种菜。

　　经过得多了，祖奶奶看见我们，邀我们去她家玩。自此我们便时不时出现在祖奶奶的院子里。院子周边栽着几丛月季，一棵栀子树。开花的季节，碗口大的月季花明艳照人，栀子花则洁白清香，十分好闻。祖奶奶还会邀请我们进屋，拿几颗白色的冰糖给秋秋，每次去都拿。

　　一日，我们从祖奶奶门口路过，看到祖奶奶五十来岁的儿子坐在门口，右脚打着石膏，绑着长长的白色绷带，从膝盖一直到脚踝，就像一根粗粗的白木棍搁在凳子上。我问他怎么一回事，才知道祖奶奶的儿子是个电工，装电线时从楼梯上掉下来，摔断了小腿。这时，秋秋大哭起来，双手蒙住眼睛不敢看那条受伤的腿。我赶紧带着她离开。

　　没想到的是，从此以后秋秋再也不肯去祖奶奶的院子了。她甚至不肯再打那儿经过，每次出门都拉着我走另外一条路。

　　直到半年后，祖奶奶的儿子上班了，我们又可以和祖奶奶见面了，祖奶奶依然拿几粒白色小冰糖给秋秋。

掏洞洞

西康路上的人行道有两米多宽,内侧是高高的围墙,围墙里面都是民国老建筑,树木的枝杈从围墙内伸出来,使人行道上有一片片的阴凉。

围墙用土黄色的砖砌成,每隔一米左右就有一个巴掌大的洞洞,为什么要留下这些小洞洞,不得而知,但此刻给我们派上了用场——我们多了一个游戏:掏洞洞。

我捡了根小树枝,把洞眼里面的东西拨出来,一边说看看洞洞里面藏着什么宝贝。秋秋拨到一个黑色的小虫壳,惊喜万分,说:"给它做个房子,让它住到房子里。"婆孙俩就忙着捡树枝,插在人行道树根旁边的泥土里,又忙忙地捡来树叶做瓦片。房子做好了,小虫壳住进房子里了,才算大功告成。

那段时间我们天天都在拨洞洞——周围实在是没有什么供小朋友玩耍的去处。一日拨到一只螳螂,居然是活的,只是已奄奄一息。我们连忙捡来树枝和树叶,盖了个小房子,把螳螂轻轻放在树叶上,然后再轻轻地放进屋子里。

第二天我们带了点碎布还带了点米饭放进屋子里,秋秋看见螳螂还没死，高兴得不得了。螳螂成了我们的牵挂，每天带点米饭去。

可是螳螂最后还是死了。我们在树蔸下挖了个坑，把螳螂埋了。

小狗

一日，坐在阳台上剥虾子给秋秋吃，忽然看到楼下人家的小院子里有只灰不溜秋的小狗。院子的铁门关得严严实实，楼下邻居已出门多日，旅游去了，不知这小狗是怎么进来的。这是只流浪狗，看样子饿极了，钻进院子找吃的。

秋秋叫声狗狗，那小狗立马抬头望向我们。我们就不断丢虾子脑壳给它吃。后来只要听到阳台上有声音，小狗就用那企盼的眼神看着我们。

如此一连三天，第四天我和秋秋商量，小狗能进来肯定也能出去，我们下去看看。婆孙俩走到铁门旁，发现铁门下面有一块地方地势较低，小狗是从这地方挤进去的。我们带了一块肉，诱惑着小狗到了那低凹处，小狗迫不及待想吃肉，等它快要咬到时我们又把肉拿远点，狗狗终于匍匐着使劲钻出脑袋来，我赶紧抓住它前脚轻轻地朝外拖。狗狗出来了，好惊喜！

这狗狗就认定了我们是它的主人，寸步不离地跟我们到家。中午女婿女儿回来了，小狗见到了陌生人，大概怕把它赶走，赶紧躲在床底下，怎么也不肯出来。我们将它的吃食放到床底下。

早上起来发现门后面有几坨屎，晚上狗狗出来拉的。过了两天，觉得安全了，小狗从床底下出来了，出奇地乖，只要一叫狗狗它就摇尾巴。

小狗长得很快，身上开始散发出一种难闻的腥味，无孔不入。整套房子，各个角落都留下了它的腥味。看不到摸不着，赶不走抹不掉。七十五平方米的房子，住了老少三代五口人已很是拥挤，再加上女儿女婿工作都忙，实在没有养狗的条件，我们决定狠下心把小狗送走。

第二天，吃过早饭，把小狗装在一个纸箱里，盖好盖子，我抱着，秋秋走在我身旁。经过牯岭路，到了十字路口，我们把箱子放在路边，打开盖子，小狗爬出来了。它没有意识到自己的命运有所改变，它喜欢自由，停了一下便优哉游哉地边闻边走，一丝也没留恋我们。我和秋秋往回走，倒是一步三回头地去看它，直到看不见了为止。

傍晚正吃着晚饭，听到门外有响动，又不像是敲门声，打开门一看，啊！小狗回来了！它没有忘记这个临时的家。见到我们，那亲热劲儿只能用不停地摇尾巴来表达。

小狗依然非送掉不可，这次要先替它找好一个家。负责小区清洁的是一对年轻夫妻，安徽人，我和秋秋在路上玩时经常遇见他们，成了熟人。我告诉女清洁工，我们有条小狗想送人，问她要不要。她连忙说："要，要，乡下就是要狗看家，我们家里正好要狗。"我说："你家离这里多远？"她说："三十几里，明天我正好要回去一趟，狗狗明天能给我吗？"

小狗终于送走了，我和秋秋回到家里，家里仍留着狗的气味，心里还是有那么一点失落。

《白雪公主》

秋秋看起动画片来目不转睛，但有一天我注意到情形有点异常：她不停地从电视机前起身，飞快地跑进别的房间；过一会儿又从门后伸出头来望向客厅，似乎窥探屏幕上正在演什么。这个举动重复了好几次，我在厨房忙活也注意到了她的动静。她的小脸蛋紧张得红红的。

屏幕上在播放的是《白雪公主》。后来终于搞明白了是怎么一回事，她不敢看后妈毒死白雪公主的镜头，一见后妈快要拿出那只毒苹果了，就要立刻躲起来。但她又惦记着演到哪儿了，要时不时伸出脑袋偷窥危险过掉没有。

《白雪公主》都不知看过多少遍了，但白雪公主吃毒苹果的那一幕，秋秋一次也没看到过，她都躲起来了。其实不管什么电影，只要主人公面临危险，她就赶紧躲起来。

抹过去

秋秋喜欢一种叫美年达的饮料，散步的时候我会买给她喝，这是我俩的秘密。一次我们去买美年达，路上有个地方挖了一条沟。我用方言对秋秋说："抹（mā）过去。"——普通话大概是"迈过去"，但在我们的方言中"迈"的音近似念"抹"，是个入声字。秋秋不知所措，我才意识到讲了土话，立马改口："秋秋，跨过去。"

可是秋秋把这个"抹过去"记住了。一日，我和女儿、秋秋一起散步，走到一处需要跨步的地方，秋秋大声说："抹过去。"

女儿愣了一下，忽然大笑起来——她没有想到从小小女儿口中听到自己小时候讲的方言。

我也大笑起来。

一件内疚的事

怎么也记不起来是为什么事情，一日秋秋哭个不停，怎么哄也止不住。哭啊，哭啊，哭得我毫无办法，当时我正牵着她的手，就用力紧握了一下。

秋秋知道我生气了，连忙说："外婆我不哭了，外婆我不哭了。"

秋秋是不哭了，但我心里一直很难过，秋秋实在乖，从我带她开始，几乎没哭过。我捏一下她的手，她立刻知道我不高兴，立刻带着哭腔说"外婆我不哭了"——她是多么不愿意我不高兴啊。

午睡

午饭之后,我带着秋秋在卧室先玩一会儿,然后把她驮在背上,开始唱歌哄她午睡。用我五音不全的嗓音,从《国歌》《国际歌》直唱到"咱们工人有力量",那段时间把这辈子能记起的歌都唱完了。

每唱一首歌,我便问秋秋:"好听吗?"

"好听。"

这稚嫩的声音使我充满信心,我自得其乐,我的歌有秋秋听就够了。我还会驮着秋秋走到穿衣镜前去,在镜子里,有时秋秋在对我笑,笑脸闪闪发光;有时已昏昏欲睡,一副慵懒的小模样。

当我问"好听吗"而没有听到回答,这就意味着——秋秋睡着了。

我便单手熟练地将她从背上挪到前胸,再轻轻放在床上。婆孙俩中午都能美美地睡上一觉。

趣事

晚上,女儿怕我睡不好,不准秋秋和我睡。秋秋小小的心里有主意,她先在妈妈床上,边喝奶边睡觉。女儿一不留神,秋秋动作轻得像猫一般,自己从隔壁房间走过来,嘴里还叼个奶瓶子,什么也不说,悄没声地爬上我的床,挨着我躺下。

那副情景现在想起来都让我忍俊不禁。那是永不褪色的记忆。

离开

日子在不知不觉中过去,一家人安逸而幸福。秋秋有我这个尽职尽责的外婆带,女婿女儿都不用操心。好日子越发过得快,转眼两年多了,一日忽接儿子来信,说媳妇的预产期到了,要我回去。接到这封信,我的难过无法形容,我实在舍不得秋秋,但又非回去不可。

大包小包的行李堆在屋里,秋秋装作视而不见。有时我会发现她飞快地看一眼行李,又迅速移开目光。她心里非常清楚外婆要走了,但她强忍着不说出来。好像只要不说,事情就不会发生。

走的那天,女婿预备送我们去火车站,女儿带着秋秋坐在床上玩。我躲在门边看秋秋,听到秋秋对她妈妈说:"外婆就出去一下,可能去买菜了,还会回来。也可能是拿酸奶去了,很快就会回来。"小家伙在欺骗自己,她的内心多么想我留下。

而我哭得一抽一抽,没有勇气和秋秋告别,说声再见。

大女儿来接我回南昌。在火车上,我哭个不停,大女儿劝也劝不住,后来简直生气了,说这又不是生离死别,又不是以后不来了,别人看到你这样子,还以为出了什么事。

二十二年过去了,秋秋在美国成了一名年轻的软件工程师。不知小时候和外婆相处的这些小事秋秋是否还记得,可是我把这些事嵌在心里了,成了甜蜜而伤感的回忆。

甜蜜的是我那时五十多岁,真年轻啊,有活力,遇到一丁点好玩的事都能哈哈大笑。现在秋秋长大了,自己老了,想回到从前的日子再也不可能了。

路遇骗子

在南京，我和老伴各自被骗过一回。

有一次经过离家不远的山西路百货商场，看到件很好看的孕妇衫，我想去买给儿媳妇。

趁着秋秋睡了，交代老爷子帮我看下秋秋，在包里放了一百块钱，将包挂在肩上，站在穿衣镜前照了照，兴致勃勃地出门了。

到山西路大概半里之遥，中途遇见个推自行车的年轻女子朝我走来，自行车后架上放了几根香蕉，笑嘻嘻地对我叫声"大姐"。

我愣怔了一下："你有什么事？"

"大姐，我今天卖掉了几十斤香蕉，收了很多零钱，我也没带包，钱都放裤子口袋里，鼓鼓囊囊的怕招贼，不知大姐能不能换给我一些整钱？"

她说话温温柔柔，一副商量的口气。

她穿一条薄如蝉翼的灰白裤子，两边两个口袋塞着满满的零钱，果然鼓鼓囊囊，钱的颜色都隐约可见。

"可惜，我只带了一百块钱，帮不了你什么忙。"

"你就把一百块钱换给我吧。"

"好。"

她从裤兜里拿出一沓零钱，一元的、两角的和五角的。我看她仔细数着，数了一百元不错。

"你数一下。"她说。

"我不数了，你数清楚了就可以。"

"那我再数一次你看。"

我又看着她仔细数，最后差两块，她毫不犹豫地又从裤兜里拿出两块钱加进去。

我说："要不要再数遍，不要数多了。"

她说："不数了吧，应该没错。"

我说："好。"

临走，她硬要把车架后的五根香蕉送给我，以示感谢。

我坚决不肯要，推来让去时，她麻利地将香蕉放在地上，飞快地推着自行车过马路。

我目送着她，叫道："过马路小心点！"

然后我去买孕妇衫。售货员从墙上取下那件白底带小红花的全棉孕妇衫，价格三十二元，我连忙拿出钱包数钱。

然而那一沓零钱，怎么数也只有二十七元。

此时心里才明白换钱时那个女的搞了鬼，自己遇上了骗子。

回到家里，我伤心得无以复加，像个受了委屈的小孩，居然坐在客厅地上大哭了一场。

除了心痛损失掉的几十块钱，我更恨人心险恶，心里边一直有个声音在大喊："为什么要骗我？为什么要骗我！"

在南京时，老爷子包干了买菜这件事。他对菜场情有独钟，到目前为止，他的爱好仍未改变。

鼓楼地处市中心，周边远近有几个菜场。他不畏辛苦，经常舍近求远到各个菜场轮流买菜，往往能买到一些乡下人种的菜而非大棚菜。

一日，他买菜回来，一手提着菜，另一只手还提了包东西。

我接过菜，问："你那包是什么东西？"

老爷子勉强地笑着："上当了，上了当。四百块钱买件皮衣是假的。"

我接过，打开看，一件衣服，灰色布面上缀着一寸来长雪白的毛,摸上去滑溜溜。一看就是假的。

"你在哪里买的?"

"路边上。有两个人在买这件皮衣,讨价还价,不可开交。我走过去看看,原本也没打算买,看看而已。那卖衣的见我走过去,对那两个人说:'不卖了,不卖了,这么便宜给你们,还要讨价还价,说好五百,一下又说四百五。老同志,我四百块钱卖给你,我宁愿少赚五十一百的,图个心里快活。'"

老爷子就信以为真,拿出四百块钱就买了。没走多远,醒悟过来上当了,那两个人是媒子。立马回去找他们,却连个人影都没有了。

"你试试看,当件夹衣穿总可以吧?"我心存侥幸地说。

一试,两层布的小小袖筒根本穿不进。

我和老爷子相互说,我们真要吸取教训,凡是涉及钱的事,我们都不理,骗子就骗不到我们的钱了。这四百块钱真的浪费了,好了骗子。

金刚和牡丹

金刚和牡丹是我前面那栋房子住一楼的一户人家养的。狗屋就在主人厨房窗后的几棵树下面。

这是对杂交狗,体重不超过十斤。金刚有一身墨黑油亮的毛,短短的紧贴皮肤,太阳照在它身上,亮闪闪的。整个身子显得壮健美观。

而牡丹就不行,全身的毛黑不是黑黄不是黄,还夹杂一点白,蓬乱得如一堆冬天的枯草,有些邋遢。

金刚和牡丹是狗主人同时收养来的,青梅竹马,既像兄妹又像夫妻,一天到晚形影不离。主人采取放养,到食堂带些人们吃剩的各类骨头回来给它们啃,再摆上一盆水,其他一概不管。

金刚和牡丹活得自由,整天在蓝天白云下的绿草地上嬉戏追逐,亲昵撕咬,极其尽兴。金刚是牡丹的贴身保镖,不许别的狗儿近身。一日带毛毛经过,三条狗立刻玩作一团。毛毛尤其对牡丹感兴趣,一个劲要闻它。金刚左抵右挡,身手灵活地周旋,必要时也龇牙咧嘴以示威胁,毛毛愣是不得近身。

牡丹的肚子慢慢渐大，明显是身怀六甲了。我想，这父亲非金刚莫属。牡丹生出来一只黑狗和一对花斑狗——花斑狗以白色为主，全身只有三块酒杯大的黑毛，两只耷拉的耳朵全是黑的，脸一边白一边黑。三只狗崽放在一个纸箱里，尽管没睁开眼睛，吃的本能让它们在纸箱里蠢蠢地动着，直到叼住了奶头饱餐以后才会安静。

牡丹虽丑但极温柔，袒露着黑黄的肚皮，眯起眼睛，一动不动地尽情地让小狗崽吃奶。

后来金刚不见了，心里记挂着，见到养狗的老爷子便急急走过去："师傅，怎么不见金刚了？"

"金刚跑掉了，有一星期了，肯定被人捉走了。"

"怎么会呢？它晓得回来的。还真有人偷狗？"

心里说不出的惆怅。被人捉走了，很可能是打死吃掉了。

望着纸箱里的小狗，说："这只小黑狗是金刚的翻版，金刚总算留下了血脉。"

牡丹喂饱儿女后，独自落寞地坐在草坪上，它的悲哀挂在脸上，即使我走近它，也只轻轻摇下尾巴，以示礼貌。我猜它对金刚的想念就像我们想念亲人一样，很深沉很哀苦。

一日早晨我正遛狗，看到那位老爷子站在纸箱旁边，我走过去看小狗，纸箱里只有那对小花狗了。

"师傅，小黑狗呢？"

"送走了。"

"还没断奶呀！太可怜了。"

"满了月，能养活。那小狗不行，惹蚊子。"

我能讲什么呢？有权利讲人家吗？小狗必死无疑，才一丁点大。只在心里可怜小狗，活生生的一条生命。

小狗们长大好些，能和牡丹一起玩耍了，感觉牡丹慢慢走出失去金刚的痛苦，见到我便如往常般飞奔过来，匍匐在地，让我用脚帮它挠痒。

觉得有几日不见牡丹了，一颗心悬着。看见养狗老爷子在门口，赶紧过去问他："师傅，怎么没看见牡丹？"

"牡丹我送到乡下去了，它会叫，怕别人有意见。"

"牡丹不吵人，养了这么久没听人有意见呀！乡下那人家还好吗？"

"那人家还好。"老爷子很快地说，大概是为了让我好受点。

不知道牡丹是被丢弃了，还是真有乡下人家收养它。我总担心着，它既难看又不会看家，会有人愿意收养它吗？也许它成了一条流浪狗，正饥不择食地在路上寻着能果腹的东西；也许它早已变成别人的盘中餐。

如今我不想和小花狗们走得太近了，免得留下悲伤。曾经和金刚、牡丹实在是太亲近了，它们因未洗澡的缘故，身上定有跳蚤，我总是用脚去擂它们的背，然后它们自己翻转来让我擂它们的肚子。我一出现，它们就飞奔过来，往地上一趴，尽情享受我用脚对它们的抚爱。

写到这里，我的眼睛被雾水蒙住了。我想念金刚和牡丹。

小庐山

出小区单元门左拐，大概八十米左右就是一处缓坡，路面有一米多宽，铺着深黄色地砖。

路的左边有一块空地，大概有五十多平方米，紧挨楼房一侧墙壁。有些人为了方便，把家里不要的废弃东西，破沙发、木床、凳子等杂物都丢在那里。临近几幢楼里的老太太们便只能坐在路边休息聊天。

空地长有一棵樟树，树围有142厘米，还在不停疯长。那钢筋铁骨般的枝杈向四面伸展，翠绿的叶片稠密得几乎透不过阳光。它就像一个使不完劲的青皮后生，不管不顾地长着。

只是苦了离它一步之遥的一株樱树，被樟树覆盖，得不到充足阳光雨露。它又不能和樟树争个高低，于是悄无声息地避开樟树，在一米六的高度上又开了个分枝，朝着路面顽强地延伸。那株分枝也有近20厘米粗了，虽歪着个身子，但很宽，而且健硕，蓬蓬勃勃地横架在路面上方。

那是一株晚樱，花期并不短。开花时，粉红的团团花朵在阳光下分外明艳。望见的人无不惊叹，它用它的身体支起了一个花棚。等花谢了，樱树飞快地长着嫩叶，稠密，青翠。路面一片阴凉。

一日，环卫工人把丢弃在空地上的破烂家什都搬走了。平时坐在路旁聊天的老太太们突然有了主意，想要把这块空地利用起来。她们各自拿来锄头铲子开始整理地面，欲把它挖平后铺上水泥。正好我们那幢楼有个曾在部队当团长的转业军人，他仍保持着军人的风貌，对人热情友好，看到老太太们在整土，他便主动加入进来。他的力气大，能顶几个老太太。

土平整好了，但没有沙子和水泥。想来想去，几个老太太便去物业公司找领导。她们能言善语，跟领导说，物业有义务给社区老人创造好的休闲条件，我们要求不高，就是要把路边的那块空地铺上水泥，让附近几幢房子的老人有个聊天的地方。物业领导满口应承，可是左等右等也等不来铺水泥。老太太们既然下了决心，哪能轻易罢休，每天都有几个人去物业公司理论。

终于有一天来了个骑着三轮车的泥工，三轮车的拖斗里装了沙子和一袋水泥。这个泥工很小气，在老太太们的眼皮底下只用了半袋水泥，薄薄地铺了四分之一的地面。和他讲要他多铺点，他不搭理，把剩下的半袋水泥放上三轮车，目中无人一般骑着车扬长而去。老太太们毫无办法。

大家没有放弃，仍每天清理着那块空地。我看在眼中，心想以后我也会和大家坐在一起，享受这大自然带来的惬意。因腿疾几个月没出家门，没有参与挖土，以后坐享其成会感到汗颜，我出不了力，但可以出点物资呀。大女儿正在装修房子，我便找大女儿要来两袋水泥以作贡献。

有了两袋水泥，大家的情绪越发高涨，在团长的带领下，尽量把这块地扩大、整平，把参差不齐的石头仔细捡掉。一位六十几岁的女邻居把自己装修房子剩下的五六袋沙子贡献出来，拌上水泥，终于如愿以偿把地面全部铺上了水泥。

美中不足的是没有凳子。大家居然扛来四块长条大麻石，这是小区别处废弃的石凳面，每块石头足有一百多斤。大家又忙着到处捡砖，捡来的砖砌了八个墩子，最后搁上四块麻石，便有了四条石凳子。因为砌了八个墩子，水泥便有些不够，我又叫女儿拖来一袋水泥。可是团长觉得让我出三袋水泥不公道，我和女儿都觉得没什么，三袋水泥还不到一百块钱呢。可是团长硬是让人用自行车拖回去了，自己在网上买来一袋水泥。大家又从自己家里拿来一些花草：绿萝、仙人掌、鸡冠花……摆放开来，说要把这块地方美化起来。

夏日，老太太们坐在石凳上休息，聊天，拣菜，剥毛豆，剥花生，凡是能拿到外面来做的事，都会坐到这里来，手里做着嘴里说着，南昌人叫作谈砣。微风吹着，树叶婆娑，身上的燥热会很快消失，有种心旷神怡的感觉。

大家越来越喜欢这块地方，来坐的人越来越多，带小孩的，环卫工人，路过的都会来坐上一会儿。有人提议说，这么个好的地方真该起个名字了，就叫作"小庐山"吧。

一日，团长拿来一块蓝底红字的长方形板子，上书三个大字——小庐山。这牌子就挂在空地那边的墙上，这里就算正式命名了。团长说："谁要找人就说在小庐山。方便。"

这里不光是老太太了，年轻人也会来。老太太们从废墟里捡来凳子、小桌子、一张小竹床，有人送了一张很好的旧真皮沙发，一日中午发现有个年轻人在沙发上午睡。

每天早晨，团长把水泥地扫得发出辉光，石凳和捡来的木凳、椅子抹得一尘不染。

在小庐山除了谈天说地以外，老太太们谈得最多的是某个超市今天鸡蛋只要多少钱一板，丝苗米又打折了，什么蔬菜又减价了，相互传递着消息。如是就结伴去买菜，回来后坐在小庐山，该剥的剥该拣的拣，省了钱回来的心情是亢奋的，能不回家做饭的定要坐到吃饭时间才回家，真有乐不思蜀的感觉。

冬天，暖暖的阳光通过大路直射过来，只要往外坐一点便能晒到太阳，真的是冬可以暖夏可以凉的一块宝地。

下午三点半至四点，老太太们要做半个小时的健身操，伸伸腿抬抬手之类的简单动作，现在做操的地点就放在小庐山了。

放音机的声音嘹亮，做完操大家又要坐下来聊天，说到高兴处便哈哈大笑。这些噪声惹毛了旁边一楼的住户，说吵了他们。那户人家叫物业公司开着车子，把除了石凳以外的东西全部拖走了，还和大家大吵了一架。我不在场，没看到怎么吵的。不过老太太们又陆续捡来凳子，依然坐在小庐山谈笑风生，依然做着下午半小时的操。

樟树越长越高，樱花开的花越来越多，因为它横伸的枝条又长长了。夏天将至，会有越来越多的人坐在小庐山那里说说笑笑。疫情过了，小庐山会格外展示出它的优越性。

晚年小景

买台起重机

老爷子准备出门遛狗,坐在小矮椅上给卡拉套链条,不小心椅子一歪,一屁股坐在地上。

我赶紧过去。从前面抱,抱不起来;又从后面抱,也抱不起来。累得我气喘吁吁,也毫无办法。

我笑他:"你怎么会笨得像头猪,想你年轻时,爬树像猴子,游泳似条鱼,还能在深河里捉虾子,乒乓球拿了全县第一名。"

"老了。"

"老什么老,离一百岁还差几十年。"

说着话他慢慢从地上爬起来,我笑,他也笑。

"分明自己起得来,硬要磨我,真会装娇。"

想想刚才的事蛮好笑,我打电话给哥哥,一五一十向哥哥学说一遍。哥哥说:"反正你条件好,去买部起重机放在家里,万一遇到这种情况,用起重机一下就吊起来了。"

说完，哈哈大笑。

我一听，大笑："主意不错，下午就去联系买起重机！"说完，又大笑！

老爷子说："你笑什么？"

我又把哥哥的话对老爷子学说了一遍。

老爷子也笑。

狗情债

老爷子坐在椅子上给小狗上链条。我背对着他在厨房做事，听他叨念着："我欠了你的债。"

"欠了我的债？人情债蛮难还啊！"

"不是，欠了狗情债。我一坐下换鞋子，卡拉就来了，摇着尾巴，双脚搭在我膝盖上，你不带它出去，还真不忍心。"

"狗情债好还，只要你带它出去就可以，那还不容易。"

"有时也有点不想带。"

水——根——子

晚上和老爷子闲聊,他告诉我,小时候,母亲喊他小名时,水根后面总要加个"子"字。喊时,声音拖得很长,水——根——子,不急不躁,温温绵绵,听起来真舒服,小小的心里即刻溢满了欢喜和幸福。时至今日,母亲喊水根子的声音还会时常记起,本来想长大了报答她老人家,没想到,她早早地就死了。

"小时候,哪怕我在很远的地方玩,只要她一喊'水——根——子',我总能听到。有了这声音,就像有一双无形的手牵着我,我会乖乖地回家,从不惹她生气。"

我望着老爷子的脸,他正沉浸在幸福中,那眼神骗不了我。

我笃定地说:"我和你是平辈,以后我不叫你老章,喊你水根子,好不好?"

他不作声。

"刚才的话,你听到吗?"

还是不作声。

"不作声,就是默认了。听到吗?水——根——子。"

好不好看

那日我烫发回来，走到他面前："水根子，你看我烫的发好看吗？"

"好看。"

"看都没看，怎么晓得好看？"

"看哪里？"

"看我烫的头发呀！"

"细狗伢子，快来看奶奶的脑壳！"老爷子叫道。

忠实的细狗伢子欢快地跑过来，双脚趴在老爷子腿上，显然它误解了，以为老爷子要带它出去。

好郁闷啊！老爷子自己不看算了，居然叫狗来看我。

懒得姓章

老爷子晚上偶尔会做噩梦。在梦中啊啊地惊叫，像是被追迫得厉害，像是身处危机中，又惧又吓。

早上起来问他做什么噩梦了，全记不起。所以这么多年，也不知道在梦中他到底被什么惊吓。

猜测噩梦的缘由跟肺活量严重不足有关，他年轻时得过肺结核，半边肺萎缩，只剩另半边呼吸，比一般人更容易感到心肺的压迫。

每次听到他睡梦中惊吓的喊叫，我都赶紧从床上爬起，到他房间喊他的名字，"老章，醒醒，醒醒，你做噩梦了！"直到把他从梦中拉出。

昨晚老爷子八点半就睡了。十一点，肯定是被噩梦困住，他喊叫起来。其时我已迷迷糊糊睡着，正在复习功课的孙女第一时间飞奔过去，"爷爷！爷爷！醒醒，你做噩梦了。"

老爷子勉强睁开眼，望一眼孙女，又沉沉睡去。

第二天老爷子醒来，睁开眼就说："自己人就是自己人，章家人还是章家人，外人就是靠不住。昨晚不是晗晗叫醒我，就没人叫我，我就会死掉去。"

我懒得作声，求全责备的话听了一世，曾经总怪他不知好歹，把自己气得要死，如今没有脾气了。死猪不怕开水烫了。

一天里，老爷子把以上的话重复了几遍。

我心里气了，我的修炼还不太到功。吃晚饭时，老爷子坐一旁,我笑着对晗晗说:"现在有晗晗叫醒爷爷了,这真好,奶奶可以少操心了。晗晗,你叫醒过几次爷爷?"

"我只叫过这一次。"

"晗晗,做章家人真好,章家人是自己人,你叫一次,爷爷就记住了。我叫了大半辈子,爷爷都没记住,因为我是外人,我姓杨,我一辈子在你爷爷眼里是个外人。

"晗晗,我记得你四岁多的时候问我,奶奶,你那么好的一个人,怎么没姓到章?爷爷、爸爸、妈妈(晗晗妈妈姓姜,那时她还搞不清)、大姑姑、小姑姑都姓章,你怎么姓杨呢?

"我当时回答你,你爷爷老气我,我懒得跟他姓章了。我现在还是懒得跟他姓章。"

卖鸭人

上午带老爷子去理发,走向大路的拐角处,有一个五十来岁的男人,面前摆着好多只鸭子,还有一只大乌龟、四只甲鱼在那里卖。

那鸭子墨绿色掺和着些深黄的毛,油光闪亮,个头不大，橙黄色的嘴巴不停地嘎嘎叫着。

我和老爷子停下来看，那人介绍说："这是真正的野鸭子。"

我在心里想："哪里能捉到这么多野鸭子，分明是家养的。要是五十块钱能买到就买一只，到菜市场买只麻鸭子也要四十多块钱，一点都不好吃，这鸭子味道可能鲜美些。"

我便笑笑地问卖鸭人，你这鸭子是卖多少钱一斤还是多少钱一只？

"七十块钱一只，你舍不得买的。"

听了这句话，我很不舒服，我说："算你讲对了，再有钱也不会花七十块钱买只假野鸭子吃，别以为人家都是傻瓜。"

一边拽着老爷子走。老爷子没听清我们讲什么，迟迟不走。那人便提起那个大乌龟硬要老爷子买。

我说："不买，不买。"

那人提着乌龟站起来在老爷子面前晃，连连对老爷子说："莫听你老婆的，莫听你老婆的，买到，买到。"

我不无挖苦地说："别搞错了，我当家。"

那人才死了心把乌龟摆在原来的地上了。

公公，坐坐！

我每天陪老爷子散步，总要经过另一幢楼房的过道。

那过道不远处有几棵香樟树，枝繁叶茂，常年翠绿。风轻轻地吹着，树叶缓缓摇曳。

夏天，近处的七八个老太太就坐在树下石椅上，谈笑风生，十分惬意，还省了不少电费。

冬天，太阳直射到道路口的屋檐下，她们便移步那儿。那里有一块空地，长年放着几张破旧的木凳子，都是大家各自从家里带来的。老太太们坐在那里聊天，谈家常，笑容也像冬天的太阳暖暖的。

每次我和老爷子经过那儿，总会有三四个人站起来，笑着招呼老爷子："公公，坐坐！公公，坐坐！"

老爷子在邀请面前面带笑容，但并不言语回应，继续朝前走。

今天又遇到这种情况。我赶紧从后面一把抱住老爷子，学着她们口吻："公公，坐坐！公公，坐坐！"惹得几个老太太哈哈大笑。

我回过头对她们边笑边说:"这个公公顽固不化,要好好改造。"

老爷子说:"莫吵。"

惹得她们又是一阵大笑。

吹口哨

昨天上午和在美国的大女儿通了电话,大女儿一再交代我:"不要让爸爸一个人出去,您一定要跟着他。和我一起出来的朋友,走时他爸爸好好的,隔两天,他爸爸走丢了,找了三个多小时才找到。"

"晓得,晓得,你只管放心好了,你走后,从来没让你爸爸一个人出去过。你自己要保护好身体,别让我牵挂。"

下午老爷子要出去,就是不让我跟着。我只得偷偷地跟在他后面。只见他在路边折了一片樟树叶卷成个小筒筒在那里吹,样子很愉悦。

他一转身,看见我,我走过去说:"这有什么稀奇,我也会吹。"

我折了一片樟树叶子，卷成个小筒筒放在唇边，一吹便发出了尖脆的叫声，既不悠扬也不刺耳。

我们就站在路边树下，比赛似的吹着，惹来好些在那里玩耍的小朋友过来看。

我对老爷子说："不吹这个了，你的斑鸠叫能以假乱真，吹吹看。"

老爷子连忙双手合拢，吹起来，咕咕！咕咕咕！真像有只斑鸠在那里叫。几个小朋友跑过来，要看老爷子的手，老爷子笑笑地摊开手给他们看，说："斑鸠飞掉了。"

老爷子这手绝活，大女儿学会了，家中其他人都没学会。

人生如梦，岁月无情，蓦然回首，此刻我们竟玩起儿时的东西。

汽车来了打一架

早上六点一过，我和老爷子就出门了。

一路上，秋风送爽，天边有晶莹剔透的朝霞。空气中带着甘甜。

由于去得早，总会在路边碰上乡下卖菜的老太太们。她们把自家种的菜摆在路边卖，一小堆一小堆码放得整齐有致。韭菜、小青菜都青嫩，生气勃勃；青椒和红椒放在一起，红绿混合，好看。老太太们叫着："自家种的菜，没打农药，吃得放心。"额头有沟壑似的纹路，但她们头脑清晰，乌黑的手称起菜来灵活敏捷，菜一称，多少钱也随即算出来了，让我刮目相看。

骑着三轮车卖水果的摊贩也到了，车斗里的石榴涩红露着青，橘子油绿，柄上带着两三片墨绿色叶子以昭示它们的新鲜。我和老爷子买了两个柚子、五块钱橘子和一天的蔬菜，放在小车里。

正待过马路时，一辆公交车呼呼地开过来，我一把拽住老爷子："等一下，让车先过。"老爷子不理，硬是强行过去了，还说："不晓得你怕什么？"

老爷子有时的不讲理，使我很生气。我说："你不觉得刚才很危险吗？我们两个闲人，既不上班也不赶考，无须赶时间，车子是铁的，你是肉长的，你这把老骨头经不起碰。碰伤了，人家顶多赔点钱，受苦的还是你自己。"

下午，又陪老爷子出门，待过马路时，我朝两头看看——怕有车过来。

老爷子说:"不晓得你四处看什么?"

"我看两头有没有车子过来。"

老爷子说:"天不怕,地不怕,汽车来了打一架。"

老爷子面带笑意,而且眼睛瞬间闪亮了一下。

这句顺口溜是我们年轻的时候用来逗小孩子的。那时汽车少,看到汽车,大人就常用这话逗小孩开心,有点幽默,又很有点英雄气概。

我说:"这从前逗小孩子的话,你还记得那么清楚。"

不由得百感交集。

老来伴

老来伴,老来伴,现在我对老来伴有了更深的体会——就是彼此被"枷"住了,躲无可躲,逃无可逃。有的是男的被女的"枷"住,有的是女的被男的"枷"住。这"枷"没有任何人强迫你戴上,它很文明,出自心甘情愿。多大的负担,多大的痛苦,也愿像蜗牛背着它的重壳,沉滞地向前爬。

陪老爷子住院时，靠窗那张床上躺着个重度中风的老爷子，不能言语，不能动弹，只剩下一口气。六十多岁的老太太衣着干净整齐，白净皮肤，模样不错，她告诉我，她老爷子在床上躺了八年。

这位老爷子一日三餐都是从鼻子里用一根橡皮管喂那打出来的稀糊。边喂，老太太嘴里边念念有词，声音很低，念的是菩萨保佑之类的话。眼神无比温柔。

老爷子很胖，老太太抱是抱不动了。上午和下午，儿子过来，抱起老爷子坐在轮椅上方便，这时，老太太赶紧把尿不湿铺铺平整，让裸着下半身的老爷子睡得舒服点。我家的老爷子好怕看到这种场面，第二天我们想办法换了个单间。

如今我也被老爷子"枷"住了，我哪里都不能去。自己想单独出去不行，他想出去我不想出去也不行。我只能像个跟屁虫一样走在他后面，随时注意他的举止，防止他跌倒。车子来了，赶紧揽着他靠边点。

我对他说："我是你不要钱的保镖，保证你的安全。"

老爷子说："你还能当保镖？我倒在地上你都扶不起来。"

"我至少可以陪在你身边,使你不孤独。你若跌倒,赶紧打电话找人来救你,不至于让你倒在路上没人管。现在好多老人倒在路上,别人都不敢扶,怕惹是非。你还不知道吧?"

每天陪老爷子走在路上成了小区的一道风景线。一日,一个女同志对我说:"看到你们两人真好,真幸福,五十几年了吧?"

"是啊,五十二年了。"

如今,我觉得时间格外宝贵。因为人生不会重来。

晚饭后

吃完晚饭,我捡清场面,坐在客厅沙发上。

老爷子走过来坐在我身边,说:"我来陪陪你,怕你孤独寂寞。"

"哎呀!太阳从西边出来了,你什么时候晓得有孤独、寂寞两个词?我要对你刮目相看了。"

老爷子很可爱地笑笑。

坐了一会儿,我说:"对不起,我要去看会儿书。"便朝书房走去。

过了一阵子,看到老爷子也从沙发起身,朝自己屋里走去。

我喊他:"水根子,进来,这里的沙发一样好坐。"

"不进来,书房重地,闲人免入。你的书我也看不懂。"

哎哟!学会幽默了,真好。

从我认识老爷子起,就晓得他从不看文学类书籍的,即使念给他听,他也懒得听。但他不厌其烦地看过一篇小说——女儿写的《父亲的天空》。

因为写的是他自己。

竹拐杖

我和老爷子出去散步,总是穿着齐整,相形之下老爷子手里拄的近一米二长的竹棍子着实显得有些不协调。一路上,这根竹棍赢来许多眼球,别人可能会想:"怎么就不买根拐杖呢?"

果不出所料,一日从几个老太太旁边经过,一个老太太走到老爷子面前说:"老爷子,我送你一根拐杖,我有。"

我笑:"谢谢婆婆的好意,我家里有一根五十多块钱的拐杖,他嫌短;又买了根七十多元的伸缩拐杖,全部伸出来也没有一米二呀!他还是嫌短,也不要。他哪里是用拐杖,分明是拖根打狗棍。"讲得婆婆们都笑起来,老爷子也笑嘻嘻的。

一转身,老爷子忽然变了脸:"你真会在别人面前臭我。"

"我哪里臭了你,我是实话实说,有好好的拐杖不用,硬要拿根长竹棍。你也确实好少拄着走,喜欢拖着走呀。"

"我完全可以不用棍子,是你逼着要我拿,说什么三只脚总比两只脚走得稳。我就是要这根竹棍,再高级的手杖都不要,这竹棍陪我去了南京,还坐了两次飞机。"

关于"这竹棍陪我到了南京,还坐了两次飞机",讲了多少回已经记不清了。老爷子对这根竹棍真是情有独钟,坐车外出时,最关心的是竹棍要随身带,不能丢失了。

每次和我走在小区那一片长着小竹子的地方,老爷子都会提到:"这竹棍是在这里砍的,是我瞄中的。"

"你瞄中的有什么用,是我帮你砍的,你腰都不弯一下,还在我面前显摆,不是我帮你砍,你就只能白看。其实砍的时候我还蛮害怕的,毕竟是小区公物,若有人说句话该有多难堪。"

听我这么一讲,老爷子就不作声了。

下次经过那里,他又提起竹棍子,我一如既往地回答他。有时我回答得温柔些,再夸他有眼光,瞄到这么好一根竹棍,用钱都买不到。老爷子就会很高兴。

代后记　　成为作家

章红

　　我妈妈崇拜作家，但从来没梦想过自己也成为一名作家。从汽车运输公司退休后她就来帮我带孩子，和多数中国母亲一样为儿女奉献出所有。不同的是，她以灶台为桌子，坐在厨房里的凳子上，抓住一切间隙让自己的笔在稿纸上快速移动。她觉得有件事没完成，再不做怕是来不及了。

　　于是，就有了《浮木》之前处女作《秋园》的出版。

　　《秋园》获得了预料之外的影响力与良好口碑。有次一家媒体撰写关于妈妈的人物报道，为此采访了我，稿件发表之前曾交我过目，其中有个段落是这样的：

"只写了一本书的人能算个作家吗？"杨本芬问女儿。

女儿章红哄她道："当然算。"

我郑重地提出了异议："我不是哄她，我就是认为她算个作家。"——我的认知是，当你为自己而写，不是为稿费为发表而写，写作就开始了。哪怕她只有一本书——现在有了第二本——我认为她就是一个作家。

《秋园》曾在天涯社区连载，三位读者的留言给我留下过深刻印象，并引发我的思考。

一位网友在连载刚开始的时候，留言说普通人的历史没人有耐心看，只有名人、上层人物，他们的历史才有色彩，才能留存下来。

我想，这是许多人的想法。这里面有对写作根深蒂固的误解：只有了不起的人和事才是值得写成文字印成书的。

但我不能同意。每一个生命都是平等的，每一个生命都值得记述。除了"上层的历史和人物"，还会有普通人的历史、民间的历史。

乐府的创始人、总编辑涂志刚先生曾将《秋园》与《巨流河》对比，他说："每一代人都既是历史的参与者，也是历史的承受者。齐邦媛和她的父辈,当然承受了历史和命运,但比起大多数人,她还算是有能力去参与历史的。这样的记录当然珍贵,但每个时代,我们得到的其实都是这样的记录,它们重要,但其实又不够。反倒是那些碎片一般的,历史的承受者,那些普通人,如果他们的声音能留下一点点,就会特别动人。"

是的,你看那些全然无名的芸芸众生,他们经过的历史是怎样的呢?他们在洪流中挣扎,无声无息地来,无声无息地生活,无声无息地死去。《秋园》写的是这样的人物,《浮木》写的也是这样的人物。如果没人书写,他们就注定会被深埋。

第二位印象深刻的网友,留言非常动情。他曾想记录父亲口述的往事,无奈父亲叙述的内容细碎零散,他把握不住其中的脉络和层次,也勾勒不出轮廓。他说读到我母亲这个帖子时,就回到了听父亲讲述时的感觉中,一样的水漫过来,一样的苦味弥散着。他说经历过苦难的人,多数并没有能力讲述,所以我母亲这种来自普通人、来自底层的叙述便显得罕有而珍贵。

《秋园》出版之后,我设法找到了这位读者,他祝贺我母亲的书出版，同时伤感地说："我父亲，现在连我的名字都叫不出来了。"

他父亲罹患阿尔茨海默病。我为这事久久地震撼了，病痛侵蚀人们的脑力，让人一败涂地，而时间的无情一至于斯！

人们一直在丧失。记录与书写便是人类抵抗遗忘、抵抗丧失的方式，因为"故事不经讲述就是不存在的"。

第三位是深圳一石，一位作家，本名韩育生，给了我母亲特别多鼓励。作为一名素人作者，我妈妈是在不自信中一点点往前走的。而写作，没有足够的自信常常走不下去。网上连载过程中，深圳一石不间断地留下自己的读后感想，他的反馈给了我妈妈写下去的动力与勇气。这也使我联想到，人们天生是具备表达的欲望与能力的，每个人其实都能写出属于他的一本书。过于强调天赋，有时候阻碍了人们使用天赋。

妈妈不认为写作是一种特权。年轻的时候，她如同一颗油麻菜籽，落到哪里便为存活竭尽全力，生根开花。活着是首要要务，没有余裕用于写作。

退休之后，爸妈来南京帮我带过好几年小孩。妈妈带小孩特别尽心、仔细，爸爸则包揽了买菜事宜。对妈妈来说，带小孩，做饭，整理房间，依然是生活中处于优先级别的事务，虽然那时她已开始写作，但从未生出别人要为此让路的奢念。

"女性的天空是低的，羽翼是稀薄的，而身边的累赘又是笨重的！"萧红的感慨用于妈妈身上也是合适的。

我在《秋园》代后记中写道："当之骅——我的妈妈——在晚年拿起笔回首自己的一生，真正的救赎方才开始。"不止一次我被问道："这救赎是指什么呢？"

我想，如果母亲人生大部分时光是"活着"，晚年的写作则意味着自救。这是回归人的主体意识之旅，对生命有所觉知而不再是浑浑噩噩。当你诚实地记录和认识自我的生命，那往往意味着更多：你还记录了时代。那么这就是一个人对自己所生活的世界做出的贡献了。

念大学的时候，每次从家返回学校都是一个小小的关卡。县城每天只有一班车到省城，早上六点发车。每到要走的那天晚上，在深沉的睡意中，会感到外面房间轻轻来回的脚步。父母会在凌晨三点起来给我做饭。

暗淡的泛蓝的日光灯，父母在厨房与客厅进出的脚步声，他们在为我做饭，在凌晨三点钟。桌上一大瓦钵热腾腾的香菇炖鸡，电饭煲里焐着米饭，盘中青碧碧的酸豇豆，小碟里盛着红艳艳的辣椒酱，我迷迷瞪瞪，睁着瞌睡的眼，面对这桌凌晨的盛宴。

出去乘车的时候，冬天的凌晨还没有一点点放亮的意思，在街上昏黄路灯的照耀下默默地走着，内心像一根绷紧的弓弦。在汽车启动的刹那，妈妈硬把一小卷钞票塞进我手心："拿着吧，啊，拿着吧。"

眼泪会在那一刻哗地淌下来。每个临走前的晚上，我会从他们给我的生活费中抽出几张，悄悄藏在枕头下、抽屉里。我知道他们没有钱。我这一走，他们接下来又不知要怎样节衣缩食。然而，他们总是会把钱找出来，在车要开动的最后一刻硬把钱塞给我。

书中的《1984年》让我回忆起了这段生活，回忆这些对我是多么有好处。当我成为这个社会所谓中产阶级的一员，我的心似乎也在一天天失却弹性，滑向坚硬无情的方向。我要时时警醒自己，我们曾经有过怎样相濡以沫的岁月。我是穷人的孩子。过去是，现在是，将来也是。

《秋园》出版后，我和母亲曾经有过这样的对话：

妈妈：我为你争光了吗？

我：当然。

妈妈：那就好。我想为你争光。

曾经，妈妈不过是囿于家庭囿于灶台、把人生全部期待寄托于孩子身上的母亲，而现在，她可以坦然说出："我想为你争光。"

八十岁这年，她终于成为一名作家。

这是一个奇迹，无比美好。居然就发生在我母亲身上，我目睹了全部过程。

图书在版编目（CIP）数据

浮木 / 杨本芬著 . -- 北京：北京联合出版公司，2021.8（2024.12重印）
 ISBN 978-7-5596-5261-4

Ⅰ. ①浮… Ⅱ. ①杨… Ⅲ. ①长篇小说 – 中国 – 当代 Ⅳ. ① I247.5

中国版本图书馆CIP数据核字 (2021) 第 073643 号

浮　木

作　　者：杨本芬
出 品 人：赵红仕
策　　划：乐府文化
责任编辑：李艳芳
特约编辑：李伟为　刘美慧
装帧设计：别境Lab

北京联合出版公司出版
（北京市西城区德外大街83号楼9层　100088）
北京联合天畅文化传播公司发行
北京美图印务有限公司印制
110千字　787毫米×1092毫米　1/32　印张8.25
2021年8月第1版　2024年12月第21次印刷
ISBN 978-7-5596-5261-4
定价：39.80元

版权所有，侵权必究。
未经书面许可，不得以任何方式转载、复制、翻印本书部分或全部内容。
本书若有质量问题，请与本公司图书销售中心联系调换。电话：010-64258472-800